O IRMÃO DA MINHA AMIGA

NOTA DO AUTOR

Comecei a escrever esse conto em 2015, quando nem tinha título ainda. Cinco anos depois, me veio a vontade de dar um ponto final nessa história. Embora eu tenha certeza que Flayslan não é nada parecido comigo, eu admito que ele tem um pouquinho de mim. Um pouquinho só. Mas ele também é um pouco de uns amigos, e um pouco de pessoas que passaram pela minha vida. Cada personagem tem um pouco de alguém que vivi ou vivo. Essa história tem um pouquinho de tudo e de todos.

AGRADECIMENTOS

Dedico este livro a **José Augusto**, que sempre esteve ao meu lado mesmo às vezes não entendendo nada do que estava fazendo. E a **Rafael Fernandes** que não estava do meu lado sempre mas de alguma forma entendia tudo que eu pretendia fazer.

Cada um ajudou de um forma. Amo vocês! <3

Fernando Bertozzi

O IRMÃO DA MINHA AMIGA

CAPÍTULO 1

Hoje acordei um pouco cedo, fiquei quase uma hora olhando para o teto antes de se levantar pensando em que merda estou fazendo com minha vida. Terminei o ensino médio há um ano, não trabalho e fico em casa o dia todo assistindo filmes e séries na Netflix e nos finais de semana vou a alguma festa "quando tem". Tenho quase dezenove anos, moro com minha mãe e meu pai. Minha irmã saiu de casa com minha idade, pois ela sempre foi independente, começou a trabalhar com quinze. Hoje ela já tem vinte e seis anos, solteira, independente, advogada e mora sozinha em São Paulo, um exemplo para meus pais. Foi exatamente isso que fiquei pensando naquela manhã quando acordei. O homem da casa sou eu, tirando meu pai porque já está bem velhinho, eu é que deveria ser exemplo. Não querendo ser nem um pouco machista, mas eu estudei em colégio particular e minha irmã não. Também não querendo desmerecer os colégios públicos. Ah, resumindo: tenho inveja da força de vontade que ela sempre teve.

Tenho quase dezenove, está entendendo? E não faço absolutamente nada da vida. Me sinto como uma bosta nadando no vaso que se você não dar descarga ela não desce. Sou exatamente isso, uma bosta na frente do computador o dia todo só precisando de uma descarga, um empurrão pra fazer alguma coisa.

Moro em Búzios, uma pequena cidade turística no litoral do Rio de Janeiro, com aproximadamente trinta mil habitantes. Minha mãe faz parte de uma ONG que cuida de animais aqui no meu bairro que consome todo tempo dela, mas não trabalha, é dona de casa. Meu pai é um dos melhores cozinheiros da cidade, recebe muito bem e sustenta nós três aqui em casa. Aliás, nós quatro. Tenho uma cachorrinha de cinco meses chamada Shakira, minha mãe a adotou. Ela foi encontrada abandonada na rua com um machucado enorme no focinho e a ONG cuidou dela, a partir daí virou o xodó da minha mãe. Bem, apresentei todo mundo agora é minha vez.

Meu nome é Flayslan, para os íntimos apenas Flay, o vagabundo, pois é assim como me sinto. Dezoito anos e sendo sustentado pelos pais. Sou gay meio assumido, eles sabem, mas fingem que não. Eu também nunca disse, meu pai é meio machista, deve ser por isso que eu ainda sou também, confesso. Tenho dois namorados. Você deve estar se perguntando: Dois? Sim, mas não conheço nenhum pessoalmente. Eles são meus "mata carência" no whatsapp das noites de sexta quando não tem cerveja na geladeira. Um mora em Manaus e outro no Ceará. Não sei se eles levam esse namoro a sério, mas eu acho que não. Moram muito longe de mim, seria loucura. Até pra namorar ou gostar de alguém sou difícil, tenho um problema grave, ninguém me aguenta. Sou meio bipolar, não sei o quero da vida e nem por onde começar. Mas eu quero começar, só esperando uma descarga.

Dei a louca, peguei meu skate e saí atrás de emprego. Passei na papelaria pra tirar xerox do currículo... Espera, que currículo? Não tem nada. Mas, pelo menos, tem meu nome e ensino médio completo. Nunca repeti de série, deixo claro que sou vagabundo, mas não dava mole nas disciplinas. Meu pai poderia conseguir um emprego pra mim fácil no restaurante, mas não ia me sentir bem. Até pra conseguir um emprego ia precisar da ajuda do meu pai? Ele já me sustentou a vida toda. E pior, eu teria que fingir que gosto de mulher para agradar os amigos dele e sorrir das piadas sem graça deles.

Continuei entregando, pousadas, restaurantes e mais pousadas. Aqui em Búzios não se tem muita opção, é uma cidade turística. Hotelaria ou gastronomia? Tem essas duas opções.

- FLAY! – Uma voz suave me chamava, era a Gabi, minha melhor amiga. Acho que é a única amiga do ensino médio que tenho contato até hoje. Vivíamos colados no colégio – Tá me ouvindo não garoto?

- Gabi!

- Como é que você está? Só vive trancado naquele quarto agora. É milagre te ver na rua.

Gabriela teve sua sexualidade descoberta por mim no colégio. No começo ela dizia que era hétero, e eu insistia dizendo que não. Um dia encontrei uma carta com nome de uma menina na bolsa dela. Até brigamos, mas ela me agradece por isso até hoje. O que mais nos uniu foi o skate, ela ama também. Ela é branquinha, cabelos castanhos e adora usar camiseta de menino e sempre está com boné. Mas não chega ser masculina, é aquele estilo de menina rebelde que não é vaidosa.

- Tá fazendo o que? Vamos alí comigo?

- Nada demais... Vamos! – Nem pergunto pra onde, somos aquele tipo de amizade que topa qualquer aventura se estivermos juntos. Então, fui acompanhando ela.

- Gabi, e sua namorada? Voltaram?

- Acho que não tem volta, embora eu ainda goste muito dela.

- Mas foi tão grave assim aquela situação no cinema?

Há dois meses, a mãe da ex namorada encubada da Gabi desconfiou que sua filha estivesse namorando um menino e foi atrás dela para o cinema escondido para ver o que ela ia fazer. Quando chegou lá, o tal menino era a Gabi, e fez maior escândalo na fila do cinema. Foi até matéria no jornal. Sério.

- Foi, cara! Você deveria ter visto. Mas já superei, meu irmão está vindo de Colares e vai ficar lá em casa uns meses, vou me distrair assim.

- Não sabia que tinha um irmão.

- Pois é, tenho. Mas mora com meu pai, não o vejo há muito tempo. Por isso vai ficar lá em casa, comigo e minha mãe. – Conheço a Gabi há cinco anos, mas não sabia que ela tinha um irmãozinho. Vou adorar vê-la sendo babá.

Ficamos conversando e caminhando um bom tempo, ela me contou que o irmãozinho dela era apenas por parte de pai, fruto de uma traição com a mãe dela. E por isso, ele mora com o pai em Colares, no Pará.

Chegamos numa praça, a maior praça de Búzios e fomos em direção ao teatro. Sabe lá Deus o que a Gabi ia fazer no teatro, eu fui de companhia. Até tinha me esquecido dos meus currículos.

- Veio fazer o que no teatro, sapatão?

Já deixo claro uma regra nos nossos grupos, só gay pode chamar lésbica de sapatão e só lésbica pode chamar gay de veado.

- Vim me inscrever pra turma de teatro.

- Oi? Você? Como assim? – Achei que ela estivesse brincando, mas depois percebi que era sério. Gabriela Falcão, a menina do skate resolveu fazer teatro? Deve ter uma menina na jogada. – Por que isso tão de repente? Tem alguma menina no grupo?

- Claro que não, cara! – Realmente, ela estava falando sério. – Meu irmão faz parte de uma companhia lá em Colares e ele não conseguiria ficar dois meses sem teatro aqui. Então resolvi me matricular pra atuar com ele.

Entramos no teatro, que fica bem perto da minha casa, só que nunca havia entrado lá. Estava vazio, mas com uma energia bem diferente de lá de fora. Sabe quando você olha um lugar vazio mas ao mesmo tempo não está vazio? Pois é, eu vi muita coisa acontecendo ali dentro, naquele palco. Muitas histórias, muitas risadas, muita alegria, só coisa boa. Fiquei três minutos paralisado observando aquele lugar fantástico.

- Olá, posso ajudar vocês? – Um moço apareceu do nada, cheguei levar um susto.

- Oi, meu nome é Gabi, quero me inscrever no grupo de teatro, ainda há vagas?

- Sim, temos muitas vagas! Precisamos sempre de novos talentos.

Deixei ela conversando com o tal moço, gato por sinal, e fiquei caminhando pelo teatro. Um lugar tão lindo, perto da minha casa e eu não sabia nem da existência.

Os minutos foram se passando, sentei em uma das poltronas e acabei cochilando. Acordei com a Gabi me chamando pra ir embora, dizendo que havia conseguido duas vagas, pra ela e o irmão dela que viria na próxima semana.

- Ah Gabi! Não se esqueça que as aulas começam na próxima semana. – O moço havia voltado para informá-la. – E não se esqueça, se souber de alguém que queira trabalhar na dispensa, me avise com urgência! – Logo me manifestei.

- Trabalhar? Eu topo!

- Sério? Nossa, achei que não iria conseguir ninguém.

- Estou disposto, quando começo?

- Venha um pouco mais cedo antes da aula na próxima semana que te dou uns toques pra ir começando, pode ser?

- Claro, fechado!

Parece que valeu a pena ir ao teatro com a Gabi. Sempre que saio com ela acontecem coisas boas. Conheci um lugar incrível e um trabalho que estava procurando.

CAPÍTULO 2

Cinco dias haviam se passado, e fui até a rodoviária com a Gabi buscar o irmãozinho dela. Ficamos esperando um tempinho, até que em menos de dez minutos ele chegou.

- Gael! - Ela corre de braços abertos para abraçá-lo.

Fiquei surpreso, pensei que o garoto tivesse no mínimo cinco anos, mas ele parece ter minha idade. Moreno, traços indígenas, cabelos escuros e com um boné igual da Gabi.

Seus olhos castanhos miram os meus enquanto abraça a Gabi. *Merda.* Me pego corando...

- Venha! Deixa eu te apresentar... – Ela se desprende do irmão com um sorriso de orelha e o puxa pelo pulso até mim – Gael, esse é Flay, meu *best-friend-gay*.

Ah, sua cola velcro! Você me paga!

- P-Prazer – gaguejo, erguendo o braço para cumprimentá-lo.

Ele abre um meio sorriso, como se estivesse se divertindo com uma piada interna que acabara de pensar. Ah, é sobre mim, é claro que é sobre mim. Coro.

Nos cumprimentamos. Sua mão é extensa e pesada – mão de *macho* eu diria.

- Mora com a Gabi ou o quê...? – pergunta, uma voz suave, encantadora e provocante.

Como um sapão desse poderia ser irmão de uma caminhoneiro desengonçada como a Gabi? Amiga, eu te amo, mas a verdade precisa ser dita!

- Não. Ela precisava de uma companhia e resolveu me chamar. – digo, um pouco baixo demais.

- E valeu a pena não é mesmo? Olha como meu irmão é lindo, puxou a irmã. – diz, se escorando nele.

Não Gabriela, definitivamente não!

Ele parece incomodado com ela o abraçando. Mordo os lábios assim que direciona seu olhar assustado ao meu.

- Então... – tento contornar a situação – Vamos indo?

Ela o solta e bate palminhas enquanto eu o ajudo com as malas. Tento ao máximo não tocar ou me aproximar dele, fico no canto, enquanto a Gabi preenche o espaço entre nós dois. Pessoas bonitas demais me deixam desconcertado.

Pegamos um uber e fomos embora para casa. Ajudei o Gael com as malas e mal consegui me despedir dele. Gabi deve ter notado o quanto ele mexeu comigo. Como ela não me informou que ele tem o conteúdo que tem? Meu consciente não estava preparado.

Meus pais não estão em casa. Vou até a cozinha e pego na despensa um miojo de frango. Retiro meu celular do bolso e percebo uma mensagem não lida. Desbloqueio e leio, é Gabriela.

"E então...? O que achou do meu irmão?"

Mentalmente, penso em xingá-la por nunca ter me mostrado sequer uma foto, mas reprimo, não quero que saiba o quanto ele mexeu comigo.

"Na dele, meio tímido. Não vou mentir, é gato."

Ponho o celular na bancada e vou até o armário a procura de uma panela, pego a menor possível e a ponho na pia para encher d'água. Abro o pacote de miojo e o deixo em cima da pia. Assim que ponho a panela na pia, o celular apita. Uma mensagem nova. Confiro.

"Ficaria…?"

Engulo em seco. Isso é pergunta que se faça? É óbvio que sim. Mas por que ela está me perguntando isso. Ele nem gay é, ou é? Respondo.

"Gabi, menos, né? Ele não ficaria comigo nem se eu quisesse. Olha para mim e olha para ele".

Analiso a mensagem dois segundos antes de mandá-la. Quanta falta de amor-próprio.

Largo o celular na dispensa e vou até o banheiro mais próximo da cozinha. Olho para mim mesmo no reflexo. Branco demais, com leves olheiras e cabelo desgrenhado. O que me salva são meus olhos verdes, o que na minha opinião é uma benção mal gasta. Deus deveria tê-los dado a alguém que pudesse aproveitá-los.

Lavo o rosto e o seco. Dou uma última olhada em mim e retorno a cozinha. Ótimo, a panela já está fervendo. Verifico se tem mais mensagens da Gabi. Hum... Tem uma.

"E se eu dissesse que ele mesmo insistiu em saber se você era ou não era gay?"

Fiquei confuso. O que ela quer dizer? Ele pode não ter achado que eu fosse gay e pensado que ela estava brincando. Ele sabe a irmã que tem. Respondo.

"E o que isso tem a ver?"

Ela responde imediatamente.

"Que ele possa ter se interessado e que não tenha acreditado quando disse que era meu 'best friend gay'. Mas amigo, você não parece mesmo."

Reviro os olhos. Mas ela é irmã dele, deve conhecer e saber dos gostos do rapaz lindo de olhar penetrante. Seria idiotice minha perguntar se é gay. Decido por fim responder outra coisa.

"O que acha de sairmos para o cinema ou uma festa quem sabe...? "

Fico vidrado na tela do celular, mas ela não responde. Largo no balcão e vou conferir o miojo. Está pronto!

Procuro um prato entre as gavetas do armário do lado esquerdo da pia e retiro um prato. Estou faminto e só um miojo para preencher o espaço no meu estômago até mamãe chegar para fazer a janta.

Arrumo tudo no prato e ouço o som de mensagem. Largo o prato na pia e pulo para o balcão.

"Me programo certo com o meu irmão e te digo. Talvez uma festa seria a boa, nada de cinema por um longo tempo (: "

Ah, eu havia esquecido. Respondo.

"Okay ;)"

Ponho o celular para carregar no carregador mais próximo. Pego o prato na pia e caminho para o meu divã, mais conhecido como o sofá da sala.

Devoro o miojo enquanto assisto os últimos episódios de Riverdale.

É assustador pensar na possibilidade de alguém tão bonito quanto o Gael ser gay, e pior, atraído por mim. Não quero me iludir na suspeita da Gabi, mas é impossível. Mordo os lábios ao lembrar dos seus olhos... E que olhos.

- Filho! Já chegou do trabalho? – interrompe mamãe meus pensamentos pecaminosos.

Levo um pequeno susto. Ela está com o uniforme branco da ONG e destruída. Seu cabelo está bagunçado, preso em um rabo de cavalo baixo e seu rosto sujo de suor seco.

- A Gabi precisava de ajuda para ir com ela na recepção do irmão gos... – Ops, páro de falar, dou uma leve tossida e me levanto.

Mamãe parece indiferente e caminha até a cozinha, com um olhar cansado.

- Não esqueça de lavar a panela e seu prato, mocinho.

- Okay. – reviro os olhos.

Como se fosse preciso falar.

- Vou tomar um banho, filho. Estou exausta. – sua voz falha.

Ah, não me diga. Reprimo o pensamento e formo um meio sorriso.

- Tudo bem. – jogo o prato junto da panela e começo a lavá-los.

Certo. Tudo lavado e pronto. Vou até meu celular e confiro as horas. 19h40min. Ainda dá tempo de ver mais alguns episódios da minha série. Viro-me para o sofá quando ouço o som de mensagem vindo. Corro os olhos para o celular na bancada. Verifico.

"Oi"

Número desconhecido. Hum...

"Quem é...?"

Seja lá quem for, não responde. O que me frustra. Retiro do carregador nos oitenta por cento e levo comigo para o sofá. Não estou em condições de prestar atenção nos episódios agora. Ponho em um canal qualquer. Hum... Está passando Peter-Pan no Telecine. Deixo. É meu desenho favorito da Disney.

O barulho de mensagem ressurge, me dando um leve susto. Desbloqueio o celular na hora.

"É o Gael mano, irmão da Gabi. Se liga, to falando com minha irmã aqui e estamos planejando de ir amanhã a tarde, por volta das quatro, depois do seu trabalho em uma socialzinha na casa da amiga dela."

G-G-Gael?! Certo, respiro fundo e respondo.

"Hum... Tudo bem. Onde fica?"

Aguardo a resposta... Nada. Desvio o olhar para a TV. Está na parte em que a menina diz não acreditar em fadas e que sempre que dizem isso, uma fada morre. Queria entender a referência por trás disso. Seria só inocência do desenho ou quiseram passar alguma coisa com isso? Pergunto a mim mesmo até que me dou conta que de segundo a segundo eu reparo a tela do meu celular, esperando o toque de mensagem invadir meu ouvido e eu, alegremente, possa responder um possível encontro com o boy mais lindo que já vi. Mas nada acontece.

São quase dez da noite e nada. Ele não responde. Pensei em ligar, mas não quero parecer afobado, ou entusiasmado demais. Preciso manter minha indiferença.

Papai ainda está no restaurante, provavelmente fechando, quando me bate um sono horrível. Certo Flay, você não tem mais a sua vida sedentária que ama, precisa dormir para acordar cedo. Decido não contrariar minha mente. Sou trabalhador agora.

Mamãe não fez janta hoje, devia estar com muito sono e por mais que eu esteja faminto – sim, o miojo não preencheu nem um por cento da fome que sinto – decidi não incomodar.

Escovo os dentes enquanto me analiso no espelho. Porque tão pálido? Olhos redondos e enormes me retornam o olhar. Um olhar doce e assustado. Assustado com o que está por vir amanhã. Faz anos desde que não me sinto assim por alguém e é justo pelo irmão da minha melhor amiga. Suspiro.

Cambaleio até a cama com o celular na mão, na esperança de uma nova mensagem dele. Nada. Nada. Nada. É estranho, nunca me apego a ninguém. Estou apegado? Eu não sou assim. Nem meus dois *"mata carência"* virtuais sinto vontade de conversar.

Pego no sono antes que possa sentir e acabo sonhando com olhares castanhos. Um olhar penetrante, profundo e quente, sincronizado em um olhar verde, um olhar ingênuo, tímido e sem graça.

Desperto com o som irritante do alarme. Merda. Exausto e ainda no pré-despertar, desligo o toque. Levanto preguiçosamente e me sento na ponta da cama, coçando os olhos e fracassadamente ajeitando o cabelo. Estico as pernas e me espreguiço. Pego o celular e verifico as mensagens. Hum. Nada ainda. 7h32min. Pego no serviço às nove. Caminho até o banheiro e tento deixar meu rosto enxado o mais apresentável possível.

O tempo voou. Rostos novos e o trabalho me fizeram ocupar o tempo. Levei caixas de um lado para o outro, limpei o chão do galpão e empilhei alguns papéis que o Sr. Hudson pediu. Ele é o chefe suggar daddy que todo funcionário iria querer ter. Não te amola, não te olha ou fala com ar de autoridade, é na dele e a única coisa que se importa é que faça o seu trabalho.

Seria mentira minha se dissesse que não pensei no Gael, mas infelizmente ainda temos um assunto mal resolvido de ontem. Eu quero me encontrar com ele, ou melhor, eles. Mas até agora não recebi uma única mensagem confirmando a hora em que devo estar lá e onde fica o local da tal festa.

Imediatamente bloqueio qualquer pensamento. Preciso trabalhar, aliás, preciso desse emprego, não posso perdê-lo antes de provar a mim mesmo minha independência.

- Quase três horas. – aborda o Sr. Hudson assim que saio do galpão.

- Sim. Já levei o galão de água, mais alguma coisa?

- Preciso que tome conta da bancada para mim. Vou ali resolver algumas coisas e já volto, depois daí pode ir para casa.

Arquejo.

- Tudo bem.

Adianto-me e vou para trás da bancada preta, com um computador, um telefone e panfletos por cima, espalhados. Pergunto a mim mesmo se essa seria a roupa certa para um recepcionista – uma camisa polo branca surrada, uma calça jeans suja, e All-Star preto desgastado.

- Poderia me ajudar? – uma voz fina e baixa ressoa atrás da bancada.

É uma garota de prováveis dezesseis anos, loira de altura média e olhos escuros. É bronzeada e tem traços finos e bem delineados.

- Claro, no que, exatamente? – pergunto com o sorriso mais forçado possível.

- Estou procurando um rapaz que trabalha aqui.

Fico olhando seus olhos escuros e puxados esperando que fale o nome. Sério que quer que eu pergunte o nome? Não fará isso por mim?

- E qual o nome...? – pergunto após um tempo.

- Flalano. Ou seria Flayslano? – ela parece confusa.

Ergo as sobrancelhas.

- É Flayslan, sou eu.

Ela abre um sorriso de uma ponta à outra.

- Ótimo! Estamos esperando você ali fora, falta muito? – pergunta ainda com o sorriso de uma ponta a outra.

- "Estamos"? Quem mais está ai? Esperando para o quê? – merda, pareço assustado na última pergunta. Oras, é só uma menina de prováveis dezesseis anos, que mal faria a mim?

- Para a festa na piscina, gato. Pensei que Gael tivesse conversado com você. - parece surpresa.

- Gael? Ele está ai?

Um pingo de esperança em minha voz.

- Ele insistiu em passar aqui para buscá-lo.

- Então...

- Voltei Flay. Muito obrigado. – interrompe o Sr. Hudson – Pode ir agora.

- De nada Sr. Hudson. Até amanhã.

Pego meu celular e sigo ao lado da menina loura de olhos escuros até fora do teatro. Respiro fundo. Procuro de um lado ao outro e não demora muito até que o reconheça. Está do outro lado da rua, encostado com a atenção no celular. Seu cabelo escuro brilha com o toque suave do sol, seus olhos se perdem na tela até que me olha. Está com aquele olhar de quando o vi da primeira vez. Tremo dos pés a cabeça. Caminho até ele até que o percebo me analisar de cima a baixo. Como ele consegue fazer com que eu me sinta assim? Como alguém consegue te fazer sentir essa mistura em um tempo tão curto? É frustrante... Excitante.

Me mantive calmo dessa vez quando apertei a mão dele, mas por dentro estava em festa. Engraçado é que fiquei assim depois das mensagens da Gabi. Mas ela é minha amiga, se disse aquilo é porque algo deve ter.

- Dá pra ir andando? – Perguntei.

- Dá sim, minha casa é logo ali. – Responde a menina loura de olhos escuros cujo o nome era Alice. Só fiquei sabendo do nome dela porque vi no seu pescoço um colar com esse nome escrito.

Quase não falava com o Gael, apenas quando me perguntava alguma coisa. Naquele momento o centro da conversa era a Alice, a puxadora. Eu não sabia o que falar com ele ainda, única coisa que sei é que ele gosta de teatro.

- Cara, a Gabi me falou que você está trabalhando lá no teatro. – Percebi que ele falou aquilo para puxar assunto e também para a Alice ficar um pouco quieta. – Tá gostando?

- Tô sim... É legal.

É, acabou o papo. Sou péssimo pra continuar e fazer com que o assunto prossiga. "É legal", que tonto eu sou, dei oportunidade pra Alice voltar a falar. Estava achando ela legal, agora já estou achando um porre.

Alice é amiga da Gabriela, não entendo como. Personalidades totalmente diferentes.

Chegamos na tal festa, casa da Alice. A Gabi já estava lá. Acredite, só a Gabi. Que ser humano normal marca uma festa quatro da tarde em plena sexta-feira? A casa é simples, mas bonita. Havia uma piscina em frente, e um belo jardim. O muro era cercado de árvores coladas uma na outra. Já havia passado por ali várias vezes, mas não sabia que alguém quase tão próximo morava ali.

- Pensei que ia ter uma festa. – falei baixinho para a Gabi, ironicamente.

- Mas vai ter – Disse ela com um olhar de que parecia que estava tramando alguma coisa. Eu conheço a Gabi, sei quando vai fazer algo. – Espera, que vai ter.

- Mas só nós quatro? – perguntei.

- Precisa de mais?

Fiquei quieto.

Ok, vamos lá. Deixo eu raciocinar a situação. Eu, Gabi, Gael e Alice. Ou seria, eu e Gael... Gabi e Alice? Será? Estou confuso. Gabriela tem hora que surta, sério mesmo. Mas captei a mensagem, não sou tão burro assim.

- Vamos lá! Fiquem à vontade, tem vódca na geladeira. – disse Alice toda animadinha.

Pegamos a garrafa de vódca, quatro copos, ligamos o som e sentamos na grama em frente à piscina. Gael já estava de sunga, e aquele volume me deixava sem ar. Eu tentava disfarçar, mas parecia ser enorme.

Sentamos um de frente pro outro, Gabi de frente pra Alice e eu pro Gael. Conforme íamos bebendo, ficávamos mais soltinhos. Eu já perdia aquela vergonha de falar com o Gael. Realmente, o álcool deixa qualquer pessoa feliz.

- Gael, qual foi última vez que você transou? – diz a Alice.

Não acredito que ela perguntou isso pra um garoto que conheceu tão pouco tempo. Repito: Realmente, o álcool deixa qualquer pessoa ~~vadia~~ feliz.

- Hoje faz três dias. – O olhar dele dava pra ver que é mentira. – Não vivo sem sexo.

- Enche seu copo, Flay? – diz Gabi também um pouco séria pela pergunta de Alice.

- Enche! – respondi.

Ignoramos aquilo, e continuamos a beber. Gabriela se aproximou de Alice e tirou o copo da boca dela. Alice já estava num estado que já poderia parar. Em apenas dois copos, já estava muito soltinha.

Cada gole, ficávamos mais soltinhos. Conversamos sobre vários assuntos, mas nunca chegávamos onde eu queria que chegasse. Como já estava soltinho, pensei várias vezes em perguntar "Gael, você curte meninos?", mas não perdi a noção ainda. Confesso que não parava de olhar pra ele. Como uma pessoa pode ser tão perfeita assim?

- Gael, você é tão bo...nito – Alice outra vez, com uma voz já meio grogue. – Muito mesmo, sério, muito bonito. Mas muito mesmo. Muito.

Acho que Gabi é minha irmã e fomos trocados na maternidade, eu sei quando ela está incomodada só de olhar. Agora não sei se é ciúme do Gael ou se é da Alice, porque pelo que eu entendi, ela queria pegar a Alice.

Parece que a coisa desandou, Alice bebeu demais e o encanto da Gabi por ela foi diminuindo. Alice só tinha olhos para o Gael. Já achava essa garota um porre, agora acho ela um iceberg barrando meu caminho.

Nada se podia fazer ali, Gabi se levantou, me cutucou e disse:

- Vem aqui na cozinha comigo por favor, vou pegar mais gelo. – irônica, claro.

Eu a acompanhei até a cozinha.

- Gabi, eu te conheço bem, não precisa falar nada.

- O que a gente faz? - disse ela furiosa.

- Como assim? Me responde uma coisa, seu irmão é realmente gay? Aquilo que você escreveu pra mim procede? – fiquei irritado também, mas com a Alice.

- Não cara, bem, eu acho...

- É ou não é?

- Ai Flay...

Ela parecia nervosa e confusa.

- Vou abrir o jogo com você! – Ela parecia nervosa, preocupada e furiosa ao mesmo tempo. – Eu tentei fazer meu irmão ficar com você, por isso perguntei aquilo ontem, precisaria saber de você primeiro se tinha curtido ele.

- A troco de que? – perguntei.

- Eu queria ficar com a Alice há algum tempo, antes de eu namorar. – Essa história está me deixando confuso. – Por isso inventei essa festa de mentira, e queria que você viesse comigo, mas que não ficasse sozinho. Então te perguntei sobre meu irmão, certo? Vi que você tinha curtido, então eu chamei ele pra vir pra casa da Alice também.

Ainda não estava entendendo quase nada, mas as peças começaram a se juntar. E por dentro, me sentia traído pela minha melhor amiga. Mantive calado, e ela continuava a falar.

- Pedi que ele te mandasse mensagem, e sabe por que ele não te respondeu depois? – Continuei quieto. – Eu falei com ele que você tinha curtido ele, mas ele ficou muito bravo. Disse pra eu parar de insistir, que ele não é gay, que não curte meninos. Até que a Alice veio aqui em casa hoje de manhã, e apresentei ela pro Gael que a convenceu de ir te buscar.

Estava morrendo de vergonha, o Gael sabia que eu estava afim dele e eu na maior cara de pau. Que lástima, me sinto traído, me sinto uma bosta maior do que eu me sentia antes de conseguir um emprego. Fiquei tão paralisado com as coisas que a Gabi me contava que não conseguia falar, deixei que ela falasse até o final.

- Deu tudo errado... Eu pedi que a Alice te dissesse que o Gael insistiu em te buscar, mas ele não sabia de nada. Ele só foi lá porque eu pedi a Alice, e o Gael foi porque a Alice pediu. Mas a coisa desandou... Eles ficaram coladinhos e cheio de papo a manhã toda, pareciam melhores amigos.

A primeira lágrima sem querer caía do meu olho. Não esperava ouvir isso da minha melhor amiga. Fiquei decepcionadíssimo. Não queria mais ouvir aquilo, fui saindo da cozinha em direção à porta.

- Flay, espera! – disse Gabi vindo atrás de mim.

Quando passava pela porta de fora, estavam lá deitados no gramado Alice e Gael aos beijos. Parei, fiquei olhando aquela cena, cheio de lágrimas nos olhos. E atrás de mim, Gabi também estava paralisada quase chorando. Não aguentei, corri dali e fui embora muito triste.

Cheguei em casa, fui direto pro meu quarto. Deitei na minha cama e chorei muito. Jamais vou perdoar a Gabi pelo que ela fez. Peguei nojo da Alice sem mesmo conhecê-la direito. Gael, vai ser difícil, mas melhor eu fingir que você também nunca existiu.

CAPÍTULO 3

Ignoro qualquer mensagem que Gabi me manda. Não estou no clima de conversa. Não estou tão irritado agora, eu até entendo, ela tentou e minha fúria de início foi de surpresa. Eu não esperava, mas o que passou, passou.

Não estou satisfeito com o desfecho do dia, mas não posso chorar e sofrer mais do que sofri ontem, na cama, abalado e desolado. Fecho os olhos e deixo que a água escorra pelo meu rosto em direção ao chão. É frustrante não ter o que desejo, não ter o toque, as trocas de palavras, de carícias. Não o amo, mas não o odeio. Ah, porque isso é tão confuso?!

Desligo o chuveiro e me pego chorando, com os olhos vermelhos e apertados. Não havia percebido o quanto estava ligado nele. Mas porque choro? Porque tanto sofrimento?

- Filho? Preciso tomar banho para ir à sede da ONG. Vai ter uma palestra em dez minutos! - grita mamãe do outro lado da porta.

Prendo os lábios e sugo todo o ar que posso antes de falar.

- Já estou terminando.

Meu tom é baixo e agonizante.

- Filho... – ela parece preocupada – Está tudo bem? – pergunta após um tempo.

Sua voz doce e macia me fazem fraquejar. Seguro a mim mesmo na parede e levo meu corpo para trás. *Seja forte.*

- Sim, só estou um pouco cansado – é óbvio que estou mentindo.

Ela fica em silêncio.

- Hum... Tudo bem.

Não creio que ela tenha acreditado, e sim aceitado. Ligo o chuveiro e engulo em seco tudo que estou sentindo. Deixo com que a água escorra e que todo o sofrimento vá junto com ela. Meu ser, minha alma, estão todos reprimidos por dentro e eu tenho que suportá-los nesse meu inferno pessoal.

Não. Não pense em ontem. Tento não deixar isso atrapalhar meu desempenho no trabalho, mas fracasso. É difícil com toda decepção de ontem. O Sr. Hudson já me perguntou três vezes se estou bem, e tive que mentir em todas elas.

E assim retorna o padrão: acordo, trabalho, chego em casa, como enquanto reprimo tudo que sinto, deito e choro migalhas antes de pegar no sono, que aliás, acabo sonhando com ele. Não posso suportar, e o pior é que ela era minha única amiga confiável.

Estava empilhando umas caixas com figurinos da peça quando o celular vibra. Retiro do bolso. É uma mensagem. Verifico.

"Por favor, me perdoe. Juro que não estava pensando só em mim, e que pouco antes dele dizer ser hétero, eu estava na esperança de vê-los juntos. Eu não tive a intenção."

Olho de um lado ao outro para ver se o Sr. Hudson não está. Fecho lentamente a porta do galpão e digito uma resposta.

"Tudo bem. Mas eu nunca, nunca, nunca irei te perdoar por ter me usado."

Meu mal é esse, não guardar rancor de nada. Embora aquilo tenha me machucado, não tem como voltar atrás. Resolvi respondê-la, mas não significa que nossa amizade será a mesma coisa de antes. Ela responde imediatamente.

"Está falando! <3 Sim, eu posso conviver com isso."

Ela envia outra mensagem.

"Já se passaram quase uma semana e eu preciso conversar com você. Que horas passo na sua casa...?"

Hum... Será que quero conversar com ela? Ainda acho muito recente tudo isso. Digito.

"Por volta das seis."

Encaro a resposta. Eu quero mesmo vê-la? Bem... Posso receber algumas respostas com tudo isso. Tipo, o que rolou depois que saí da festa? Como Gael está? Eles moram juntos, ela provavelmente sabe.

Guardo o celular no bolso quando o Sr. Hudson aparece na porta, fazendo com que eu leve um baita susto.

- O que está fazendo aqui dentro? Preciso de você no balcão. Preciso buscar umas peças para o palco e preciso que fique lá para mim.

Balanço a cabeça freneticamente. Apresso-me e caminho em direção ao balcão. Olho de relance o relógio no teto atrás de mim. 13h21min. Pelo visto vou ficar até depois do horário em que termina meu turno. Merda. Retiro o celular do bolso e ponho os fones de ouvido. Rolo a playlist até que paro em *Bed of Lies,* da *Nicki Minaj.* Só a melodia da "cama de mentiras" para me afundar ainda mais no poço. Suspiro. Porque ponho a música mais melodicamente dramática em situações que já são melodicamente dramáticas? Oh vida.

Com as mãos no bolso da bermuda bege, uma camiseta preta e sandálias brancas, Gael passa pela porta com um sorriso malicioso e um olhar quente natural. Merda. Seu olhar dispara de um lado a outro a procura de alguém. *Eu? Se controle Flay.* Retiro os fones antes mesmo do refrão e o vejo passar pelas portas duplas. Ajeito de leve a franja do meu cabelo e me ergo atrás da bancada. Ele me viu, me encontrou e está vindo graciosamente na minha direção. Olho de relance o relógio mais uma vez. 14h35min.

- Ei, estava te procurando.

Droga. Não posso fraquejar. Desvio o olhar do relógio e o olho. Seu cabelo cai graciosamente na testa e sou hipnotizado pelo mar de seus olhos.

- O que quer? – tento parecer indiferente.

- Você está se cuidando? Parece diferente de uma semana para cá. Digo, desde a última vez que nos vimos.

Reviro os olhos.

- Gael, isso não é da sua conta. – murmuro.

Toma essa! Ele arranca a mão dos bolsos e as ergue em defesa.

- Calma aí, eu só vim aqui porque a Gabi pediu que me desculpasse. – diz ele, o que me irrita ainda mais.

- Então só veio aqui porque Gabi pediu que viesse? – pergunto, incrédulo.

Ele balança calculosamente a cabeça. Bufo.

- Mas não foi só por isso. Eu não ouço minha irmã e ela sabe que se não fosse necessário, eu não viria.

E não, não é. Reviro os olhos mais uma vez.

- Eu não preciso das suas desculpas. Pode ir. — digo incrivelmente corajoso.

- Espera, eu quero me desculpar...

- Pelo quê? — interrompo um pouco alto demais.

Vejo que o tom de voz foi um tanto desnecessário e me recomponho. Ele ergue as sobrancelhas e joga o cabelo para trás com a mão, que volta para a testa novamente. Penso que esteja pensando em algo para sair dessa situação. Fico impressionado como quer de toda maneira que eu diga que está perdoado, mas a verdade é que não há o que perdoar. Não somos namorados, eu apenas fui iludido e isso acontece, vamos seguir em frente agora.

- Desculpe... — sussurra após um tempo.

Eu balanço lentamente a cabeça, confuso.

- Pelo que? — pergunto.

- Eu não sei. — sussurra mais uma vez, em um tom de voz vacilante. Rimos.

Seu olhar de cachorro perdido e desamparado me fazem fraquejar, e fraquejar era tudo o que eu não queria naquele momento.

- Tudo bem, se quer tanto que eu diga, eu digo: eu te desculpo. Pronto.

Ele faz como eu e balança a cabeça lentamente.

- Não assim, ainda quero me reconciliar. Não quero manter relações de ódio contigo. Ainda mais aqui, que cheguei pouco tempo. — Ele olha o relógio rapidamente - Tenho que ir, Flay! Já que tenho seu número, que tal combinar um jantar ou ver um filme um dia desses? Sinto que devo essa a você. – ele dá um leve sorriso e toda a obscuridade de segundos atrás desaparece.

- Claro, quando quiser. – dou um sorriso de lábios colados e o vejo virar com uma expressão engraçada. – Tchau. – digo, mas não tenho certeza se pôde ouvir.

Após vinte minutos de tédio e de pessoas perguntando sobre onde fica a sala de teatro ou cinema – que aliás, fica ao lado da bancada com um aviso "Sala de cinema" em cima – sinto o celular vibrar. Mensagem nova. Retiro do bolso e verifico.

"Hoje, aqui em casa às sete e meia. Topa?"

Mordo os lábios ao ver que é do Gael. Envolvo por alguns segundos meu corpo, abraçando a mim mesmo a horrível sensação de que estava há poucas horas com raiva e que agora, estou todo derretido por uma simples mensagem. Porque me confundo tanto? É a necessidade humana de quebrar a cara, simples. Respondo.

"Gabi vai estar?"

Uma menina negra de cabelos ondulados chega na bancada e sou obrigado a pôr o celular no bolso antes de ver a resposta de Gael. Merda. Bato o pé discretamente nervoso enquanto explico para menina que horas será a peça de adaptação do Peter Pan, que pretendo ver quando estrear.

- Obrigada. Dia doze, certo? – pergunta mais uma vez.

Fico tentado a revirar os olhos, mas balanço a cabeça educadamente.

- Se quiser, aqui está um panfleto da peça. – entrego um panfleto com os horários e dias das peças.

Ela o pega da minha mão e agradece mais uma vez. Agradeço por finalmente estar indo e poder ver o que Gael disse. Retiro rapidamente o celular do bolso. E quando finalmente consigo ler a mensagem, meu coração pára, meus pulsos disparam e meu ar se prende.

"Não, não... Ela marcou de sair hoje, não estará em casa."

Pulei de alegria, fui indo para casa alegremente. No caminho fui tentando fixar na minha cabeça que o Gael é hétero e o que ele quer é que sejamos amigos, apenas isso. Vou tentar me controlar ao máximo, embora seja difícil.

CAPÍTULO 4

Fiquei quase vinte minutos no chuveiro, peguei minha toalha e fui para o quarto escolher uma roupa. Peguei uma camiseta preta de rock – embora não seja fã de rock, eu tenho camisetas – uma calça jeans qualquer e calcei o mesmo all star preto. Meus pais já estavam na mesa jantando, que me pareceu um pouco estranho, pois não costumam jantar cedo.

- Não vem jantar com a gente, filho? – disse meu pai.

- Não dá não, pai. Vou sair.

Minha mãe pára de comer e me olha com um olhar desconfiado.

- Vai se encontrar com alguém? – disse ela.

Embora eu seja meio assumido, não gosto de falar sobre isso com meus pais, é constrangedor.

- Não, mãe. – Fiquei todo vermelho e sem graça. – Por quê?

- Hoje de manhã parecia triste, agora vejo seus olhos brilharem de felicidade, me parece estar apaixonado. – brinca ela.

Meus pais começaram a rir, me deixando super sem graça e desconfortável. Saí da cozinha e fui em direção à porta. Já são quase sete e vinte, não posso me atrasar para o jantar com o Gael.

Chegando lá, ele estava no portão colocando o lixo pra fora. Algo me fez imaginar que ele estava ali algum tempo com aquela sacola amarela de lixo na mão pra ter alguma desculpa pra dizer quando eu chegasse, pois estava me esperando. Bem, não vou me iludir, ultimamente ando imaginando coisas demais e acabo me fodendo por isso.

- Nossa, você é pontual hein! – disse ele

- Sério? Nem tinha percebido a hora.

É claro que tinha, mas não quis parecer que me importava.

- Vamos lá dentro, tô sozinho! – disse ele.

Aquele "tô sozinho" que ele disse com tanta firmeza me fez ficar excitado. Entramos, tentei disfarçar minha calça puxando a blusa – estava brava a situação ali em baixo - e sentei no sofá, imaginando o que ele tinha preparado para nós dois. Ele se sentou ao meu lado e ligou a TV, jogo do Botafogo x Flamengo. É sério isso? Vou ficar assistindo futebol mesmo? Não suporto futebol, mas fiquei quieto. Passaram-se quinze minutos vendo aquela porcaria e ele vidrado. Preciso fazer alguma coisa pra ele perceber que não estou curtindo a situação, assim pensei. Peguei meu celular, coloquei o fone de ouvido e fiz cara de tédio. Mas a cara de tédio foi de verdade, estava um tédio mesmo. Ele olhou pra minha cara e riu.

- Que foi, cara?- rindo.

Que foi? Não vou nem responder.

- Não curte futebol?

Fiquei quieto, embora estava com o fone, estava com o volume baixo. Naquele exato momento tinha acabado o segundo tempo do jogo e ele abaixou o volume da TV.

- Desculpa, é que sou louco pelo Flamengo, vamos comer?

- É né, vim aqui pra isso.

- O que você quer comer?

Como assim? Ele já não tinha preparado? Fiquei meio assustado com a pergunta, mas resolvi perguntar.

- Como assim, cara?

- Vamos lá na cozinha ver o que tem? Deve ter um miojo lá...

Mantive a calma, respirei... Miojo? Me chamou pra comer miojo? PUTA QUE PARIU! Miojo eu como em casa, porra! Não me exaltei, mas por dentro fiquei muito puto. Como ele me chama pra jantar e não prepara nada?

Chegamos na cozinha, nem miojo tinha. Percebi que ele ficou confuso com a situação. Naquele momento vi que ele queria apenas se desculpar e não sabia o que fazer. Ele não quer nada comigo, eu mais uma vez criando fantasia na minha cabeça. Pensei em ir embora, mas uma vez me abalei psicologicamente, mas fiquei pra não parecer ingrato. Estava triste, admito.

- Gosta de batatinhas, cara? Acho que tem um saquinho aqui.

- Gosto. — Eu estava com fome, então vamos de batatinha mesmo né.

Voltamos pra sala com o saco de batatas na mão. Perguntei se poderia trocar de canal, ele disse que sim até o jogo começar porque estava no comercial. Coloquei num filme qualquer só para passar o tempo pra eu ir embora.

- Come? — ele disse.

Não quero batata, quero o jantar que você disse que ia fazer. Era tudo que eu queria dizer, mas disse que estava tranquilo, ia comer. Ele levantou-se do sofá, foi até o armário e pegou uma garrafa de vinho que estava lá e duas taças.

- Isso aqui você não pode negar.

Confesso que aquilo me animou um pouquinho, mas nada demais... Ah foi demais sim, adoro vinho. Gael seu lindo, achei que estava tudo perdido. Ele encheu minha taça e a dele, sentou-se outra vez do meu lado do sofá e colocou o saco de batatas entre as pernas. Começamos a beber, e o maldito futebol começou. Mas foda-se o futebol, tem vinho, isso que importa.

Comecei a comer a batata também que estava entre as pernas dele. E ele não desgrudava os olhos da TV, sua atenção era todo para aquela bola. Fiquei entediado novamente e preguei meus olhos na TV, mas estava com a cabeça em outro lugar, sonhando acordado. Gael tira o saco das pernas e entorna na boca para comer o farelo. Sem perceber, fui colocar a mão no saco para pegar batatas e peguei em outro saco, do pinto dele. – Puta que pariu, que vergonha, fiquei todo vermelho – Ele me olha e ri, mas também ficou sem graça. Aquela situação nos deixou constrangidos, parece que o Gael não prestava mais atenção no jogo, estava assistindo forçadamente. E eu só queria esconder minha cara debaixo do tapete.

Meu celular toca, pego do meu bolso, uma mensagem:

"Pensei que você tinha me perdoado, não precisava fazer isso comigo ☹*"*

Merda! Esqueci que tinha marcado com a Gabi também, que droga! O que esse garoto está fazendo comigo? Estou ficando maluco, eu vou embora daqui.

- Já to indo Gael, minha mãe pediu pra eu não demorar...

Assim que levanto para sair, ele pega no meu braço.

- Espera, não vai agora não.

É óbvio que eu fico né.

- Cara, falei com minha mãe que não ia demorar...

- Fica mais um pouco, por favor.

- Mas o que gente vai fazer? Ficar vendo futebol?

Resolvi botar um pouco de moral também, afinal eu sou visita.

- Enche seu copo e vamos ali no meu quarto. –disse ele.

Coloquei mais vinho no meu copo, pois o dele já estava cheio e subimos a escada para o quarto dele, que também era da Gabi. Sentei na cama dele, e ele de frente pra mim na cama da Gabi com a taça na mão.

- Sabe Flay, sinto falta de um amigo aqui... Não queria que você ficasse chateado comigo pelo que aconteceu naquele dia. Pra falar a verdade, eu nem liguei por você ser gay, o que importa é que você é um cara legal.

Então o que ele acha de mim é "legal".

- Sei lá, cara! É meio estranho, você não se sente incomodado?

- Tipo?

- Ah tipo, eu ter gostado de você e tudo...

- Mas já passou cara, quero ser seu amigo de verdade. Esquece aquela história, ou você ainda gosta de mim?

- N-Não, cla-claro que não! Já passou.

- Então, amigos?

Ele ergueu sua mão de macho pra mim e eu apertei. Agora já à vontade, resolvi puxar assunto.

- Você não tem namorada lá em Colares?

- Devo ter umas três por lá.

Ele deveria ter feito curso para aprender mentir antes de vir pra cá, está na cara que está mentindo. Por que fingir ser garanhão? Que ibope ele ganha com isso? Não sei pra quê faz teatro, é um péssimo ator.

– E você? –disse ele

– Não tenho não.

– Mas não sei, aquela garota me deixou louquinho.

– Que garota?

– Aquela loirinha, a Alice.

Porra, ele tinha que falar dessa garota? Ainda fico imaginando no que aconteceu naquele dia depois que eu saí. Resolvi cortar o papo, poderia enrolar ele e fazer ele me contar o que aconteceu, mas não quero. Se houve algo mais do que aquele beijo, prefiro não saber, sinto ciúmes.

– Vou ao banheiro, tá? – eu disse.

– Vira à direita.

– Eu sei onde é o banheiro, cara!

Bebi três taças de vinho e minha bexiga estava muito cheia. Sem fechar a porta, entrei no banheiro, desabotoei os botões da calça, coloquei meu pinto pra fora e relaxei...

De repente, uma explosão! As luzes se apagam. Queda de energia em todo bairro. Ficamos no escuro, e eu apavorado. Atrás de mim uma mão se segura. Levei um susto, era o Gael.

– Que aconteceu, cara? –diz Gael.

-Sei lá, cara! Deve ter soltado algum fio de um poste. – respondi sem ter certeza.

– E agora? – diz ele nervoso.

– Nunca aconteceu isso lá onde você morava?

– Já, mas não sozinho em casa com um cara.

Coloquei meu pinto para dentro da calça com muita dificuldade, pois estava muito duro, muito mesmo. Estava tudo completamente escuro, ele me puxou de volta para o quarto.

– Espera a energia voltar, amigo? – disse ele.

– Tá bom, espero.

Ele se deitou na cama, e eu fiquei sentado ao lado dele.

– Deita aqui?

Me deitei ao lado dele, e lá ficamos.

- Sinto falta de conversar com meninos, me sinto bem perto de você desde a primeira vez que te vi, sabia? – disse ele.

Eu fico sem entender, às vezes acho que ele só quer amizade, mas de vez em quando sinto que ele quer algo além.

Ficamos deitados ali um tempão, conversando de tudo. Me senti a vontade, e ele também. Nos soltamos, falamos de música, filmes e até mulheres. Ele é um cara legal, conheci o verdadeiro Gael naquele momento. No escuro, sem vê-lo, apenas ouvindo. Horas depois rindo muito, cochilamos.

CAPÍTULO 5

Acordei, peguei meu celular no bolso e já era uma da manhã. A luz já havia voltado, e eu dormindo de conchinha com o Gael. Levantei, sem acordá-lo, fui descendo as escadas pra ir embora.

Olhei meu celular mais uma vez, dezoito chamadas não atendidas da minha mãe. Haviam também seis mensagens da Gabi.

"Desculpa mesmo, te amo amigo! Sei que errei. Jamais vou me perdoar por isso!"

"Onde você está?"

"Sua mãe disse que você havia saído e não retornou, cadê você?"

"Flay? Por favor, cara me responde"

"Mesmo que for pra você dar um soco na minha cara, preciso te ver."

"Te amo, amigo."

Ela deve estar pensando que eu não quis responder, que droga. Vacilei com ela, preciso falar com ela. Não sinto raiva dela, ela é minha melhor amiga, sempre será. Amigos de verdade perdoam, certo? Vou esperar o dia amanhecer e ligo pra ela. Mas afinal, cadê ela que não está em casa? Ah sei lá, a Gabi é louca, vou pra casa e amanhã falo com ela. Que dor de cabeça! Pra quê fui tomar vinho?

Desci, fui abrir a porta para ir embora, mas não consegui. Procurei a chave na mesa, no armário e até em cima da TV. Mas não encontrei. Eu estava meio tonto, eu e o Gael tomamos uma garrafa de vinho sozinhos. Peguei uma tesoura fina que estava ao lado do computador da Gabi e fiquei enfiando no buraco da fechadura pra ver se conseguia abrir, mas não acertava o buraco.

Uma mão me pega por trás, congelei. Um bafo forte e quente atrás do meu ouvido, mas, ao mesmo tempo, excitante. E as mãos tomando conta do meu corpo me deixou frágil. Era o Gael, me agarrando por trás. Fiquei assustado, mas não neguei, estava gostando ver ele roçando em mim. Virei, e estava ele de cueca me empurrando para o quarto. Ele estava meio bêbado, mas não a ponto de perder a noção.

Chegando no quarto, virei-me para ele e o beijei. Foi o pior beijo da minha vida, confesso. Parei, mas logo continuei. Ele rapidamente me virou e me empurrou na cama dele, caí de quatro. Rapidamente, com a boca, ele tira minha calça e depois minha cueca. Começou a morder minha bunda lentamente, quando menos esperei, sua língua estava dominando todo meu cu. O beijo foi ruim, mas a língua me deixava completamente louco.

Percebi que ele havia parado. Olhei para trás e o vi com a mão na cabeça, estava muito tonto e parecia não saber o que estava fazendo direito. Levantei e o coloquei deitado na cama, seu pau estava duro igual pedra. Não ia perder essa oportunidade, abaixei a cueca dele e fiquei impressionado com o tamanho da coisa. Era um pinto lindo. Sabe aquele pinto que você olha e diz "preciso mamar", sim, era esse. Coloquei minha boca por cima e comecei a chupar... 1, 2, 3, 4, 5 segundos... Senti minha boca salgada. Nossa, cinco segundos e ele esporrou toda minha boca de porra. Fui ao banheiro correndo lavar a boca. Quando voltei, o maravilhoso pau estava mole e o cara mais lindo do mundo estava já dormindo. Eu havia perdido o sono, e o tesão também né. Cobri ele com a coberta, vesti minha roupa e deitei do lado dele enquanto carregava meu celular que havia descarregado. Queria carregar pelo menos 5% pra eu ligar pra minha mãe e avisar que estava indo embora, mas cochilei.

Uma voz suave me chamava de longe, mas não queria acordar, estava tão bom.

– Flay?

– Gabi? É você?

– Sou eu, amigo.

– Desculpa por tudo, eu que te devo desculpas

Abri os olhos, o céu já estava claro. Estava lá eu deitado na cama do Gael e a Gabi me acordando.

– Desculpa, Gabi! Eu esqueci...

– Sem problemas, eu entendo. – disse ela - Cheguei aqui por volta das dez e vi você dormindo com meu irmão. Achei estranho, deitei aqui na sala pra não incomodar vocês.

Isso sim é uma amiga, liberar o quarto pro amigo ficar com o irmão. Não foi sonho.

– Então, sabe a Mariana?

– Sua ex?

– Sim!

– Ela quer que eu vá na casa dela, disse que a mãe dela se arrepende muito do que houve e disse que gostaria de conversar e pedir desculpas.

– Sério? Que legal, me conta mais!

– Sim, sério. E tem mais, eu falei com o pai dela no telefone e autorizou nosso namoro. E se a mãe dela um dia interferir, quem vai defender vai ser ele que só quer ver a filha feliz.

– Que bom amiga, fico feliz por você! É raro ver um pai apoiar relacionamento homossexual. E porque está toda arrumada?

– Estou indo agora para um sítio bem longe daqui com ela e a família dela, queria me despedir de você.

– E vai deixar seu irmão aqui sozinho?

– Sozinho não, ele está muito bem acompanhado!

– Oi? Como assim?

Ela pisca os olhos pra mim e fica quieta.

– Melhor falarmos baixo, se ele acordar não vai me deixar ir. Quando voltar eu invento alguma desculpa pra ele, não vou ficar mais que duas semanas.

Nossa, fiquei muito feliz pela Gabi, só eu sei o quanto ela gosta daquela garota. Ela deixou um recado pro Gael que ainda estava dormindo, nos despedimos e eu fui pra casa.

Chegando em casa, fui correndo tomar banho. Assim que entro no chuveiro meu celular toca, devo atender? Não, deixa tocar, preciso tomar banho. Continua tocando... Sou curioso, vou lá atender. Deveria ser meu pai, minha mãe, a Gabi ou... Gael?

– E aí, cara? Saiu daqui e nem falou comigo né? Tá a fim de ir à praia? O sol está lindo.

– Ah bora!

Sabe aquele emoji com os olhos em formato de coração? Era eu, igualzinho.

Nem terminei de tomar banho, fui pra cozinha, fiz um sanduíche, comi e fui direto para praia encontrá-lo. Estava tão abobado que esqueci até de perguntar qual praia ele estava indo. Mandei uma mensagem pra ele perguntando qual praia iríamos no encontrar e ele me respondeu dizendo que já estava lá me esperando, numa praia deserta perto de casa com um violão em mãos.

CAPÍTULO 6

- Fala Flay! - disse Gael - Vamos dar um mergulho?
- Não vim de sunga.
- A gente pula de cueca.

Liguei o foda-se e resolvi topar. Tirei a roupa e fiquei só de cueca. Gael, que estava de short e sem sunga também, resolveu pular de cueca. Parecia uma aventura e um sonho, com aquele cara eu estava vivendo algo que nunca havia tido antes. Sem falar da linguada de ontem, a sensação foi maravilhosa.

Gael estava com uma cueca vermelha, marcando a mala com força. Enquanto eu, de cueca branca e nem reparei que o Gael estava rindo de mim. Quando olhei, era como se tivesse pelado, pois cueca branca molhada com a água do mar parecia transparente. Eu morria de vergonha, mas depois de ontem, eu não liguei mais.

Ele não tocava no assunto, e nem eu. Até cheguei me perguntar se ele lembrava de algo, pois estava meio bêbado. Mas deixei para lá, eu queria só curtir o momento.

- Hoje posso te pagar um almoço de verdade? - disse ele - Desculpa te fazer comer batatinha, tá? Fiquei pensando nisso depois, vacilo meu.
- Que isso cara! - eu ri – Estava ótima.

Eu já nem estava ligando para nada, ele já havia me recompensado.

Jogávamos água um no outro, parecíamos íntimos demais.
Depois de quase vinte minutos na água, ele queria sair um pouco.
Mas eu insistia para ficar, pois estava com vergonha. Não mais pela
cueca que parecia transparente, mas porque eu estava muito
excitado. Eu só imaginava aquele macho em cima de mim, me
fodendo sem parar.

Disfarçadamente, saímos da água. Rapidamente coloquei
minha bermuda, e fomos caminhar pela praia, que nem tão deserta,
já estava começando a encher. Para quem não tinha assunto, agora
conversávamos muito. Até o Flamengo eu já gostava de falar, pois
ouvir a voz dele me deixava tão leve.

E como prometido, ele me levou para almoçar num restaurante
próximo á praia. Não deixei pagar meu almoço, cada um pagou o seu.
Comemos peixe, camarão e batatas fritas. Foi uma tarde agradável, e
ja não tínhamos mais assunto. Gael ainda não tinha se adaptado a
cidade, e também não tinha certeza se moraria de forma fixa. No
início, a ideia era ficar apenas quatro meses, mas ele estava gostando
de viver aqui. Resolvi então fazê-lo se sentir em casa, quem sabe ele
resolva ficar de vez? Pensei em levá-lo para assistir futebol no
campinho para se enturmar com as pessoas. O que a gente não faz
por uma rola, né?

Almoçamos, e fomos para casa dele assistir a um filme. Ele
disse que tomaria um banho rápido e eu poderia tomar depois. Mas
o que eu queria na verdade, era entrar junto com ele e sentir aquele
líquido quente na minha boca novamente. Me contive, e esperei.
Gael volta do banheiro com uma toalha amarrada na cintura, mas
logo desamarra e joga para mim. Eu agarro.

- Se incomoda de se secar com a mesma toalha? - disse ele

45

pelado na minha frente.

- Não, claro que não.

E não mesmo. Eu queria mesmo era esfregar minha cara na mesma toalha que ele secou aquele corpinho maravilhoso. Ele pelado na minha frente, fiquei excitado de novo. Disfarçava para não parecer que estava querendo olhar o pau dele, mas eu queria muito. Muito mesmo. Passei ao lado dele para ir ao banheiro, e ele nu ali parado perto da porta. Entrei no banheiro, e cheio de tesão imaginando loucuras com aquele macho. Liguei o chuveiro, quando ouço a maçaneta da porta abrir. Era ele entrando com o pau balançando para lá e para cá sem parar.

- Oh Flay, se importa se eu escovar meus dentes aqui?
- N-não... - Estava envergonhado e com pau duro.

Congelei no boxe do banheiro, que estava meio aberto. Fiquei paralisado enquanto ele escovava os dentes. Mas ainda era pouco para o que tinha que acontecer, Gael enfia a cara do box e fala:

- Sou tão gostoso assim pra te deixar de pau duro? - disse ele debochado.

Que droga! Fiquei desconcertado com essa situação, não achei graça nenhuma. Mas meu cu piscava mais que uma estrela cadente. Continuei congelado, e tímido virei de costas sem falar nada. Gael é meio imprevisível, nunca sei quando ou o quê ele quer.

- Tua bunda é bonita. - disse ele.

Eu continuei quieto. Ele percebeu que não dei confiança, e tirou a cara do box. Desliguei o chuveiro, e resolvi me posicionar.

- Vai ficar me iludindo? - falei com um tom brincalhão.

- Ué? Eu estou? - ele ri.

- Não sei, está?

- Me diz você...

Gael entra no boxe, agarra na minha cintura e me beija. Meu coração acelerou, porque se ele não tomasse iniciativa, eu não tomaria. Ficamos ali se beijando, até que ele agarra no meu pescoço e me empurra para baixo. Óbvio, deixei ele me dominar. Comecei a chupar aquele pau grosso e enfiei tudo dentro da minha boca a ponto de me engasgar. Enquanto chupava, olhava para ele. E ele, me olhava com cara de puto enquanto eu mamando sua vara.

Passaram-se dez minutos, e ele me empurra para o chão. Abre minhas pernas e me deixa de quatro.

- Que rabo gostoso! Cuzinho fechadinho! - disse ele.

Morria de vergonha, mas me senti uma vadia todo aberto enquanto o macho me elogiava e me chupava tomando posse daquele território a qual naquele momento era dele. Ele chupava, chupava, chupava... Era delicioso, pois parecia que estava chupando uma bocetinha, pois ele sabia todos os movimentos.

Com uma camisinha na mão, que nem sei de onde saiu, ele se sentou no vaso e pediu para que eu sentasse no colo dele. Olhei para ele profundamente, mas queria também ser mamado. Empurrei meu pau para boca dele, mas ele desviou. Estava bom demais para ser verdade, ele fez cara de nojo e o pau dele ficou mole de repente. Tentando disfarçar, ele pediu para que eu sentasse no pau dele, mas o clima ja tinha esfriado. Ele ficou com nojo do meu pau!

- Desculpa, não consigo mais. - disse ele – Mas foi bom, tá? Eu curti.

Não ia causar um clima ruim naquela hora, mas fiquei confuso demais. O que tem de errado no meu pau? Nos secamos e saímos do banheiro. Gael estava me tratando com indiferença. Bem, ja tinha passado a manhã toda com ele, hora de sair de cena e dar um tempo. Estava de folga e não queria perder o dia todo incomodando ele. Me despedi dele e fui para casa.

Chegando em casa, minha mãe estava lá cuidando da nossa cachorrinha, a Shakira.

- Oi Flay, estive aqui pensando... Você poderia ir comigo algum dia na igreja?
- Ir a igreja? Você sabe que não sou aceito lá.
- Não sei Flay, você anda tão estranho. - ela falava com um olhar preocupante - Lembra da Camila?
- A filha de Simone? Claro que lembro.
- Então filho, ela perguntou por você esses dias. Sabia que ela está no grupo jovem da minha igreja? Que tal ir fazer uma visitinha lá hoje.

Minha vontade era zero, mas acho que vou ceder. Tanto tempo que não vejo minha mãe sorrir. Acho que devo essa a ela.

- Claro, mãe! Então, vamos hoje!
- Que ótimo meu filho, seu pai vai adorar saber disso.

CAPÍTULO 7

Já estava anoitecendo, eu me arrumava para ir a igreja e nada de receber mensagem do Gael. Mas nem liguei tanto, já tinha passado por isso. Mas o difícil disso tudo, era que eu estava apaixonado. Meus pais estavam felizes porque eu iria para igreja, nesse momento percebi o quanto a presença da família é bom em nossas vidas. Eles sorriam, estavam tão felizes.

Chegando na igreja, os amigos dos meus pais ficavam me elogiando o tempo todo. "Nossa, como você está grande", eu já não aguentava mais. Meus pais estavam muito felizes ao me ver participando daquele mundo que eles desenharam para mim. E claro, não sou idiota de não perceber que estavam armando de eu me aproximar da Camila, a filha da Simone.

- Olha Camila, como ele está grande? - minha mãe me mata de vergonha.

- Está sim, e bonito também. Tudo bem, Flay? - disse a Camila.

Camila é uma menina com traços indígenas, igual ao Gael. Eu e ela brincávamos quando éramos crianças enquanto minha mãe ia fazer unha com a mãe dela, que é manicure. E não vou mentir, ela estava linda. Mas nada excitante, só conseguia prestar atenção na bota maravilhosa que ela estava usando. Parecia aquelas que a Xuxa usava, que toda criança viada queria ter. Além da boneca, claro.

- Tudo bem sim, Camila! Quanto tempo, hein?

- O que deu em você? Aparecendo por aqui.

- Pois é, resolvi aparecer... E você? O que anda fazendo?

Até que ela ainda é uma menina legal, ficamos ali conversando um tempão e rindo de vários assuntos do passado. Acho que ela não sabia que eu era gay. Também não havia necessidade nenhuma de eu falar. Entramos na igreja, e ficamos um do lado do outro. Eu não sabia cantar uma música, me senti muito excluído ali. No final, começaram a falar umas linguagens estranhas que eu não conseguia entender. "Decombalaia Charuí Saranai" algo assim, fingi demência.

Na volta para casa, minha mãe ficava falando para o meu pai que eu estava de papo com a Camila, como se eu tivesse de paquera com ela. Minha mãe sempre dizia que eu e a Camila iríamos casar quando crescesse. E meu pai, com aquele sorriso orgulhoso, pensando que felizmente o filho dele estava dando orgulho para a família. Eu não queria estragar aquele momento, acho que pela primeira vez eu estava me sentindo aceito pela minha família.

Quando cheguei em casa, ficava pensando no Gael. O que tinha acontecido? Por que ele ficou daquele jeito? Não havia mensagem dele, e eu não queria incomodar. Mas tinha uma vontade imensa de mandar mensagem para ele.

Amanheceu, e eu tinha que trabalhar. Sr. Hudson não estava mais sendo aquele patrão bonzinho, o trabalho estava pesado demais. Mas aquilo não era problema, eu queria trabalhar e estava disposto a mudar minha vida completamente. O que me deixava mais feliz, era saber que era dia de pagamento.

Dois dias se passaram, eu estava numa rotina normal. Mas me sentindo diferente, e com uma angústia gigante no meu peito. Ajudei meus pais a pagar conta de luz e comprei gás para casa. Estava pesquisando na internet vestibulares que poderia entrar. Era quase sete de noite, e meu pai estava a caminho do trabalho quando me chamou para conversar.

- Oi filho! - diz meu pai.

- Oi pai, como está?

- Vou bem, e você? Tenho notado que você está crescendo e gostaria de te propôr uma responsabilidade nova.

- Responsabilidade nova? Pode falar. - fiquei confuso.

- Então, você não gostaria de trabalhar comigo no restaurante? Estou precisando de alguém para fazer as contas da empresa e você sei que possa confiar.

A proposta era boa, mas não queria sair do trabalho que conquistei com minhas próprias pernas. E o Sr Hudson ficaria na mão, não posso fazer isso com ele.

- Você receberá o dobro que recebe no seu atual emprego e mais tempo para ficar em casa com sua família. - continuou ele.

- Pai... Obrigado, mesmo! Mas eu estou feliz onde estou. É a primeira vez que estou podendo me sentir útil e ajudando nas despesas de casa. Não quero que se sinta mal com isso...

Ele se aproximou de mim, orgulhoso novamente e colocou a mão na minha cabeça.

- Tudo bem, mas pense com carinho. A proposta estará disponível quando você quiser.

Agradeci, e ele foi embora.

Mas três dias se passaram, e nada do Gael. Já estava me adaptando, e de repente chega uma mensagem dele na tela do meu celular.

"Fala gatão, como está?"

O quê? Como se nada tivesse acontecido. Minha vontade era de mandar ele ir a merda e tirar satisfação. Mas cansei desse garoto, vou ser seco com ele.

"De boa, e você?"

"Blz!! fazendo oq? "

Eu não vou dar confiança para ele não.

"Em casa, acabei de chegar do trabalho, porque?"

"bora dar um volta?"

"Agora?"

"é po, vamo"

"Claro, vamos!"

É... Ele me ganhou.

Como sempre Gael não sabia nem pra onde queria ir. Eu resolvi levar ele para o campinho onde os meninos jogavam bola. E fomos... Eu odeio futebol, mas não queria ser chato porque sei que ele ia adorar. E ele voltou ser aquele garoto legal, e eu estava me sentindo muito feliz com isso.

Sentamos na arquibancada, e ele vibrado assistindo ao jogo. Eu tentava puxar assunto, mas não entendia esse papo de hétero. Mas me esforçava. Fiquei ali observando ele enquanto assistia ao jogo. A voz, o jeito que balança o cabelo, o olhar, até o jeito de andar, era tudo que eu sempre quis na vida. Eu daria o mundo para ter esse garoto comigo.

- Aí, doidão! Quer jogar? - falou um garoto na quadra.

Percebi que o Gael queria e estava com receio de me deixar sozinho. Então, eu mesmo falei para ele ir.

- Vai lá, Gael! Quero ver se tu sabe jogar mesmo!

- Tá tranquilo pra você aqui?

- Vai lá, vou ficar aqui te olhando.

- Show! Segura meu casaco...

Gael tira o casado, e deixa comigo. E logo, segue para o campo. Fiquei bravinho sim, e com ciúmes daqueles machos misturados com ele. Na verdade fiquei com inveja, porque eles poderiam roçar no Gael enquanto eu ficava aqui sozinho só olhando. Mas o que me confortava, era o casaco dele que estava com um cheiro maravilhoso.

Se passaram duas horas e eu estava ali sentado de saco cheio. Poxa, não queria atrapalhar ele. Gael estava se divertindo fazendo o que ele gosta. Nem no teatro eu via ele tão animado. Mas eu nunca via ele, eu trabalho no galpão e as aulas são um pouco distante. Resolvi ir embora, e levei o casaco. Assim, tem uma desculpa para ele não sumir.

Cheguei em casa, e logo chega mensagem dele.

"Cade você?"

"Oi, desculpa... Estava cansado e tive que vir. Não queria te atrapalhar."

"Vacilo hein... Amanhã passo lá no galpão e pego meu casaco ctg beleza?"

"Tá bem, vai sim..."

Eu sempre quis que a conversa se prolongasse, mas a gente nunca prosseguia. Pois bem, agarrei o casaco dele e deitei na cama me sentindo nas nuvens com aquele cheiro. O perfume dele grudado no tecido me fazia bem, era uma sensação de felicidade extrema. Ás vezes fico pensando: Será que ele pensa o mesmo de mim?

Acordei com o cheiro dele no casaco, parecia que dormi com ele. Estava bem, feliz e disposto para carregar qualquer peso no trabalho. Eu estava sorrindo a toa, e minha mãe percebeu quando cheguei na cozinha para tomar café.

- Mas que tanta felicidade. - disse ela.

Eu dei um beijo na testa dela e sentei para o café.

- Flay, sei que amanhã você está de folga, então preparei um almoço aqui em casa. Eu, você, seu pai e a Simone.

- Ta bom, mãe. - achei estranho, mas fiquei quieto.

Meu celular tocou, e era a Gabi. Dizendo que estava superfeliz e que logo voltaria. Fiquei contente, pois eu amo a Gabi, ela é minha melhor amiga e vê-la feliz me faz bem. Conversamos por algum tempo e fui para o trabalho.

Sr Hudson não estava, e não tinha quase nada para fazer. Todas as tarefas que eram minha obrigação, já haviam sido feitas ontem. Não me contive de ansiedade e mandei mensagem para o Gael.

"Eii rapaz, vai vir buscar seu casaco?"

escrevendo...

"To indo"

Nossa, mas que rápido! Geralmente ele demora um pouco para responder. Quinze minutos depois ele chega, lindo como sempre. Eu logo fico todo assanhado.

- Pô, Flay! Desculpa por ontem, desculpa mesmo...

- Que desculpa nada, eu queria te ver feliz.

- Sério? - ele me olhava fixamente nos meus olhos – Por que quer me ver feliz?

- Ah, eu quero sua felicidade, cara… Sabia que gostava de futebol, então queria que se divertisse.

Os olhos dele brilhavam quando eu falava isso. Sinto que dessa vez não falei nenhuma merda.

- Vamos conversar? - disse ele.

- Claro, por que não?

Sentamos na escadinha que ficava abaixo do galpão.

- Sabe cara! - dispara Gael – eu gosto daqui, e não quero voltar. Mas é complicado, minha irmã não está em casa e viver com a mãe dela é complicado… - fiquei em silêncio e deixei ele falar – sinto como se tivesse sendo sustentado.

Eu entendo ele, mesmo que pra mim fosse mais fácil pelo fato de morar com meus pais, para ele deve ser difícil.

- Eu acho que vou voltar pra Colares…

Eu congelei na hora, e fiquei muito triste porque ele falava com tanta certeza.

- Mas Gael, posso te ajudar a procurar um emprego. - eu fiquei nervoso – eu te ajudo, não vai embora.

- Por que quer tanto que eu fique? Só te dei bola fora… Ainda consegue gostar de mim? - ele parecia sério.

- Cara, juro pra você que nunca te entendi. Mas eu gosto de você. E ao mesmo tempo tenho medo de te perder pela minha imperfeição. Mas tenho mudado muito, me sinto bem, me sinto feliz. E tudo isso aconteceu depois que você apareceu.

- Me desculpa.

- Desculpa? - ele já parecia mais confuso que eu – Desculpa de quê, Gael? Você me faz muito bem.

- Eu não consigo te retribuir.

Eu fiquei paralisado, e sem perceber comecei a chorar. Percebi que ele ficou sem graça com a situação, e me abraçou. Era um abraço bom e ao mesmo tempo de muita dor. Eu não queria soltar, e comecei a chorar a ponto de soluçar. Estava tudo guardado, e eu apenas soltei para fora. Eu amo o Gael, ele é tudo para mim. Eu nunca senti algo tão especial e tão intenso por uma pessoa.

- Tudo que eu não queria, era fazer mal a alguém – disse ele me soltando aos poucos – me desculpa, Flay... Você é um garoto bom, e eu só estou atrapalhando sua vida.

Não conseguia responder, ele ia saindo devagar até sair pela porta. Eu fui para o banheiro, e chorei. Chorei muito. Eu perdi o controle da situação. Eu deixei me envolver, eu deixei que tudo isso acontecesse. Se tem alguém que tem culpa nisso, sou eu mesmo.

Tudo girava, me dava tonteira e eu não parava de chorar. Era uma dor muito forte que eu só pensava em querer abraçar meus pais e contar tudo para eles, mas sei que só sentiria mais dor caso eles soubessem. Não tinha a Gabi pra conversar, era o irmão dela a pessoa que eu estava sofrendo. Eu estava sozinho, sem chão e sem o meu amor.

Voltei ao trabalho, e como não tinha nada para fazer, voltei para casa. Realmente, não estava bem. Mandei mensagem para o Sr Hudson e disse que estava com dor, ele entendeu e pediu para eu ir para casa. No caminho fiquei pensando em alguma solução para mudar isso, meu coração não entendia que aquilo era um fim. Mas minha cabeça dizia o contrário.

CAPÍTULO 8

FOLGA! Depois de uma semana bem agitada, mas uma vez era meu dia de folga. A noite tinha sido tensa, quase não dormi. Meus pais não perceberam, que bom que consegui disfarçar na frente deles. Não queria atrapalhar o dia que eles prepararam, então fui ajudar minha mãe na cozinha a preparar o almoço para nossa família.

Minha mãe é ótima na cozinha, ela faz uma lasanha sensacional. Meu pai diz que ela deveria trabalhar no restaurante dele, mas ela sempre disse que cozinha por amor.

Preparamos tudo, e a mesa já estava pronta. A felicidade dos meus pais me deixavam tão feliz que em alguns segundos consegui esquecer um pouco da minha tristeza interna.

Para minha surpresa, minha irmã acabara de chegar de São Paulo. Meus pais sabiam e guardaram segredo de mim. Fiquei muito feliz em vê-la. Brigávamos muito quando éramos criança, mas observar a mulher de responsabilidade que ela se tornou me deixou tão contente. Se fosse um tempo atrás sentiria inveja, mas me sinto tão mudado ultimamente. Ela veio acompanhada de um rapaz que ninguém conhecia, e resolveu dar uma notícia.

- Estava morrendo de saudades de vocês e peço desculpas por guardar segredo, mas quero falar uma coisa. - disse ela deixando todos curiosos — esse moço aqui do meu lado é o André, e estamos noivos.

Meus pais ficaram eufóricos de felicidade e começaram a bajular o moço. Mas minha irmã Fabiana interrompeu porque não tinha acabado de falar.

- Calma, gente! Tem mais.

- Deixa a menina falar, gente. - disse meu pai.

- Então, pai e mãe... Acho que você irá se interessar mais pela notícia, Flay.

- Eu? Fala logo. - Eu estava morrendo de curiosidades.

- Irmãozinho, você será tio. - Meus pais berraram de felicidade – e vocês avós.

Meu pai gritava, pois achava que nunca iria ter um netinho. E minha mãe chorava de emoção. E eu, fiquei sem reação. Aquele momento em família estava muito agradável. Agora sim, estávamos completos.

Aproximadamente vinte minutos depois, a Simone e sua filha Camila chegam em minha casa. Sim, a Camila da igreja. Sentamos todos na mesa e ficamos conversando enquanto comíamos. Nada escondia a cara de felicidade da minha mãe, que já pensava no enxoval do bebê bem antes de saber o sexo.

Após um pouco mais de uma hora almoçando, minha mãe começou a soltar as pérolas dela. Ela queria que eu me aproximasse da Camila a qualquer custo para realizar o sonho de me ver casado. Puxei a Camila para conversar no jardim só para ela parar de se iludir. Iludido já bastava eu naquela casa.

Sentamos num banquinho no jardim da minha casa que ficava nos fundos. Camila é tão maneira que eu me distraia dos problemas quando a gente conversava.

- Fiquei tão feliz naquele dia que você foi a igreja. – disse ela.

- Vou começar ir mais vezes, que acha?

- Acho demais! Já tem minha companhia.

Ficamos ali conversando de vários assuntos um bom tempo. Minha mãe olhava da janela de vez em quando para dar uma espiadinha, e eu só olhava a cara de felicidade dela ao me ver conversando com a Camila. Era bom ver minha mãe assim.

- Por que você não tem uma namorada? - frisou Camila.

Minha vontade foi falar "Porque eu gosto de rola", mas não queria ser deselegante e acabar com o momento.

- Sabe Camila... Assim... Eu gosto de alguém.

Percebi a cara de decepção dela, e percebi também que iria decepcioná-la mais ainda se falasse que era gay. Então, preferi cortar o assunto.

- Gostava! Não gosto mais! - cortei o assunto.

O olhar dela mudou e os olhos brilharam.

- Você me acha bonita, Flay?

- Claro que sim, Camila.

Eu achava ela bonita sim, mas porque tinha traços que me lembrava alguém. Um silêncio ficou no ar por um tempo.

- Ficaria comigo? - Falou Camila.

Oi? Mano? Fiquei espantado! Que menina rápida, como assim? Eu sou gay, como eu falo isso para ela? Ai meu Deus, nunca beijei uma menina, o que faço? É só um beijo, vamos lá...

- Ah, si-sim...

- Mesmo?

Mexi a cabeça confirmando e ela me beijou. Uma boca suave, sensível e molhada. Não era tão ruim. Mas fiquei tímido e soltei logo. Olhamos um na cara do outro e rimos envergonhados. Não foi tão ruim. Voltamos para a cozinha porque ficamos sem jeito.

O pessoal estava se divertindo pra valer e entramos na brincadeira também. Nesse momento eu percebi como eu era feliz em família. Era tão bom esse momento que fiquei pensando em dar uma chance para meu coração. Ver meus pais felizes comigo me fazia muito bem.

Passaram-se alguns dias e estava tudo normal, mas melhor. O clima lá em casa continuava em harmonia. Eu e a Camila começávamos a conversar bastante. A rotina no trabalho continuava a mesma, e meu psicológico não estava tão abalado como antes. Mas eu ainda sentia um pequeno vazio, que ia desaparecendo com o tempo.

A Gabi voltou tem dois dias e não falou comigo, soube que ela já estava na cidade porque vi um storie no Instagram dela. Notei que Gael havia me bloqueado, isso mexeu um pouco comigo mas não me senti surpreso. Até que recebi uma mensagem dela, dizendo que estava tudo bem, mas parecia bem seca. Entendo que ela agora está namorando, e vamos passar menos tempo juntos.

Eu comecei a frequentar o mundo que meus pais sonhavam para mim, e até que eu estava gostando da igreja. Eu e a Camila estávamos muito íntimos e nossa amizade se fortaleceu de novo depois daquele beijo. Não vou mentir, nos beijamos outra vez depois daquele dia, mas Camila é muito reservada.

Um mês depois, resolvi topar a proposta do meu pai e fui trabalhar com ele no restaurante. Ele ficou muito feliz e nós estávamos muito próximos. Foi um pouco triste deixar o Sr Hudson na mão, eu e ele já tínhamos um vínculo no trabalho. Mas ele se emocionou bastante quando saí, disse que ficou feliz com meu amadurecimento e que posso contar com ele quando precisasse.

Eu a Gabi nos vimos uma vez no supermercado, mas nos falamos bem rápido. Eu e ela estávamos nos afastando aos poucos. Não sei se o motivo era o fato dela estar namorado, e entendo que esse recomeço de namoro ela queira ficar mais com a namorada. Eu queria saber onde estava o Gael, mas meu orgulho não ia deixar falar. Na verdade, eu queria que ela tocasse no assunto, mas se ela não falou: foda-se.

Se é para ser direto, Camila me pediu em namoro depois de um mês, e eu aceitei. Não foi forçado, eu estava gostando dela mesmo não sentindo tesão. A gente se dava muito bem, o único problema era quando ela colocava música da Aline Barros nos nossos encontros e eu queria performar Stupid Love da Lady Gaga. Eu mudei, eu havia mudado bastante. Mas estava bem, estava feliz e vivendo em pura harmonia. E meus pais? Felizes.

CAPÍTULO 9

Cinco meses haviam se passado e percebi a drástica mudança que havia acontecido na minha vida. Minha irmã quase ganhando bebê em São Paulo, que deixava meus pais com uma ansiedade extrema. E eu, comecei a frequentar a igreja junto com a Camila, já estava até no grupo jovem que ela adorava. Eu havia quase esquecido quem eu era no passado. Novos amigos, nova vida. Eu e a Gabi não nos falamos mais. Ás vezes eu curtia fotos dela, visualizava os stories, e ela também fazia o mesmo. Mas só isso, tudo havia mudado.

Enfim, era natal e resolvemos viajar para uma casa de temporada do sócio do meu pai numa serra em Macaé, chamada Arraial do Sana. Foi a partir daí que tudo começou a ficar muito louco. Era 24 de dezembro, véspera de natal, entrei no carro com meus pais e Camila. Atrás, estavam Simone e Carlos, o pai da Camila, que iria seguindo em outro carro.

Viajamos por algumas horas, até que chegamos. Minha mãe como sempre, já havia preparado toda comida em casa e só faria o básico lá. O lugar era maneiro, fazia tempo que não ia para lá. Havia pudim, rabanada, salpicão, arroz e até sorvete. Só não tinha o que eu queria, uma cerveja. Ninguém ali bebe, uó.

Nos divertimos a tarde toda, e a noite foi chegando. Passou tão rápido que nem percebemos. Camila nunca havia ido naquele lugar e ficou encantada, nem cachoeira ela nunca tinha visto. Ela chegou a dizer que o lugar era mágico e estava vivendo um sonho em estar ali com seu amado. Amado... Ainda não me acostumei com isso.

É, jingle bell, jingle bell... blá blá blá blá blá! Hora de abrir os presentes? Já estava com fome e queria comer. Essa religiosidade toda no natal me matava. Só pode comer depois de meia-noite? Jejum, é?

- Então, bom que todos estão aqui, quero dar meu presente para o Flay. - falou Camila.

Eu fiquei super sem graça, porque não tinha muita intimidade ainda com o pai dela.

- Flay, eu conversei com meus pais, conversei com seus pais e entramos em acordo.

Não fazia ideia do que estava acontecendo, mas esperei ela falar. Do nada, ela tira uma caixinha e abre. Era uma aliança.

- Flay, aceita se casar comigo?

COMO ASSIM? "entramos em acordo". Será que eles não perceberam que esse acordo depende de mim? O que eu faço? Fiquei desesperado com a situação, mas precisava pensar rápido. Ah, foda-se...

- Aceito!

Todos aplaudiram e ficaram felizes. Menos eu, que estava morrendo de medo. Disfarcei, fingi que ia no banheiro, mas dei a volta na casa e saí pelo portão. Eu queria só beber, não aguentava mais. Saí andando pelas ruas vazias da serra para distrair a mente. Cinco minutos andando, encontro um senhor que me perguntou se eu precisava de ajuda. Eu respondi que precisava ficar um pouco sozinho e ele me ofereceu um cigarro. Não neguei, peguei e comecei a fumar bem rápido de tão nervoso que eu estava.

- Devagar aí irmãozinho, tem que fumar devagar. - disse o senhor.

Ignorei e puxei com força. A fumaça entrava e saía, e eu me sentia mais aliviado. Era muito bom, uma imensa sensação de paz. Peguei cem reais que estava no meu bolso e perguntei se poderia ficar. Ele pegou um saquinho que estava no bolso, enrolou numa seda, acendeu, me deu e pegou o dinheiro. Eu comecei a caminhar pela rua vazia e deserta fumando loucamente.

Eu não sabia para onde estava indo, só sabia que aquilo não era cigarro. Eu comecei a ver duendes e conversei com eles. Fiz um grande passeio pela serra, onde também vi os anões da Branca de Neve e assisti ao vivo uma batalha do Naruto com o Goku. O Goku ganhou, só para deixar claro. Perdi a noção da hora, e fui caminhando para a casa. Perdi o natal, já era mais de uma da manhã quando voltei. Crente dorme cedo. Entrei devagarzinho no quarto, e deitei ao lado da Camila. Não lembro como cheguei.

Camila estava acordada, cutucou em mim e perguntou se eu estava bem. Eu não respondi, fiquei afobado e ela me beijou. Acho que meu pau estava duro, e ele me encarava... Ele era maravilhoso. O cara que sempre quis na minha vida. Ele? Cara? Não, é a Camila... Estava confuso. Mas não parei, pensava no Gael, mas sentia o corpo da Camila. Não sei o que houve mais, só sei que transamos. Eu nunca tinha falado isso antes, mas ali eu perdi minha virgindade. Por mais difícil que seja de acreditar.

No dia seguinte, pela manhã, Camila acordou cedo e inventou uma história para acobertar meu sumiço na ceia de natal. Eu não ia me importar se ficassem chateados, eu que deveria estar. Ainda não me acostumei com essas manias de evangélicos de namorar e já pular para o noivado. Mas vamos ver no que vai dar, né.

E sim, passamos o réveillon na igreja. Eu queria estar na praia, pulando ondas, curtindo um funk e tomando cerveja. Vai ser difícil me acostumar com essa vida nova. Quando eu acho que já estou me adaptando, vem essas datas especiais e acabam comigo. Imagina o carnaval? Não quero imaginar.

Passaram-se algumas semanas, e mais uma vez eu sou o último a saber das coisas. Semana de carnaval, a Camila me chama para conversar e vem com a notícia que está grávida. Eu surtei, real! Como assim, grávida? Eu vou ser pai? Agora sim posso afirmar que não vou ter carnaval. Óbvio, meus pais enlouqueceram de felicidades. Mas será que eu estava feliz? Ou só sendo o que eles queriam que eu fosse? O bebê da minha irmã já havia nascido, sou tio de uma bela menina chamada Lucrécia. Mas agora, eu serei pai? Caí para trás.

Com empurrão dos meus pais, eu a Camila fomos morar sozinhos numa casa próxima à praça do meu bairro. Sim, a praça que levei o Gael para ver o futebol. A barriga da Camila começava a crescer, e caia minha ficha que aquilo que estava acontecendo era real. Em apenas um ano, minha vida mudou completamente.

Fiquei pensando se isso tudo que estava acontecendo era realmente o futuro que eu queria. Eu já não sabia mais de nada. Tentei várias vezes conversar com minha mãe, mas ela desviava o assunto. Ela tinha medo que eu voltasse a gostar de garotos. Ela não falava isso, mas eu sentia. Para ela, Deus me curou da homossexualidade. Por mais eu esteja com a Camila, indo a igreja, eu continuo sentindo atração por homens. Eu apenas coloquei na cabeça que namoro uma menina e não posso mais ter comportamento homossexual porque a igreja condena. Eu não vou me tornar um deles, porque tenho total certeza do que sou. O que eu não quero mais, é decepcionar meus pais.

Eu e Camila noivamos, foi uma festa com mais de duzentos convidados. Meus tios e tias estavam presentes. Aconteceu em um dos clubes mais caros do bairro. Meu pai fazia de tudo para me agradar, ele queria que eu tivesse tudo que ele não teve a oportunidade quando era jovem. Então, os sonhos dele, ele fazia para mim. Embora eu não ligasse para isso, eu não reclamava porque sei que ele fazia isso de coração.

Depois que saí da casa dos meus pais, eu aprendi muito. Eu tive que aprender. Morar sozinho é muito diferente, pois não temos quem cuide da nossa casa. Camila estava grávida, a barriga crescia cada dia mais e eu me encarregava de cuidar cem por cento das tarefas da casa. Ela dizia que eu era um bom marido, eu gostava de ouvir isso. Uma novidade nova é que fui aprovado numa Universidade e comecei a cursar direito. Não era muito minha vontade, mas minha mãe sonhava em ter um filho advogado, então tentei. Passei numa bolsa cem por cento, e ela morreu de orgulho. As coisas no restaurante iam muito bem, meus pais tinham condições de pagar faculdade, mas eu queria provar para mim mesmo que poderia conseguir sozinho. De manhã estudava, a tarde cuidava da casa e a noite trabalhava no restaurante do meu pai.

O nascimento do Lucas foi um dos dias mais legais da minha vida, ali eu percebi como é a sensação de ser pai. Eu já amava aquela coisinha pequenininha antes mesmo de nascer, e quando nasceu eu só queria estar ao lado dele. Ele puxou cem por centro a mãe, moreno, cabelos escuros, ele era a cara da Camila. Lucas, meu filho.

Depois que o Lucas nasceu, minha vida parou. Meu pai me deu férias para que eu pudesse estar com a Camila cuidando dele. Ele disse que é muito importante estar em família naquele momento pós maternidade. Ás vezes me pego pensando, dezenove anos e já sou pai. Eu ficava rindo sozinho às vezes pensando nisso. Estávamos noivos, mas não ainda casados. O Lucas chegou na hora certa, e interrompeu esse momento na qual eu não estava preparado. Casamento é coisa séria.

Um ano se passou, éramos aquelas famílias perfeitinhas de comercial de margarina. Eu, Camila e Lucas. O aniversário de um ano de Lucas foi uma baita festa, claro, feita pela minha mãe perfeccionista. Ela estava amando a ideia de ter dois netos, ela chamava de Luzinho e Luzinha (Lucas e Lucrécia). Mas, o relacionamento estava esfriando. Eu e Camila brigávamos por coisas bobas, que até o casamento esquecemos. Minha vida foi virando de cabeça para baixo da mesma forma que virou para cima. Relação sexual sempre foi uma coisa muito difícil entre nós. Num relacionamento de um ano, os casais ainda estão com fogo. Nós nunca tivemos. Eu achei que um dia ia gostar se me esforçasse, que era psicológico, mas eu não conseguia. Não sinto tesão. E isso machucava ela às vezes. Me sentia mal, mas não conseguia. Quase dois anos morando juntos, é muito difícil esconder quando está feliz ou não. Não estava infeliz, apenas havia me acostumado com aquela vida.

- FLAY, ABRE A PORTA! FLAY!

Era a voz da minha mãe batendo na porta. Parecia desesperada. Corri para abrir.

- Mãe? O que aconteceu?

Ela chorava muito, me abraçou muito forte.

- Flay... Seu pai...

- O que houve com o pai, mãe? - fiquei nervoso.

- Flay... Ela sofreu um acidente.

Ela estava muito mal, então logo imaginei o pior. Pediu para arrumar as coisas e que fosse com ela ao hospital onde estava internado. Um dos sócios dele havia ligado e avisou que ele estava em estado grave. Ele estava a caminho do Rio de Janeiro, quando um caminhão que carregava alimentos bateu num poste, e ele que estava atrás freou mas não deu tempo. O carro bateu na traseira do caminhão causando um acidente. Eu tentava consolar minha mãe, mas eu estava muito desesperado também. Camila ouviu o barulho, desceu as escadas e foi ajudar.

Chegamos no hospital, nos identificamos e entramos. Minha mãe não parava de chorar. Infelizmente, o estado de saúde dele era grave. Aguardamos cerca de uma hora, foi angustiante. Uma enfermeira nos informou que ele faria uma cirurgia de risco. Choramos e rezamos. Meu pai entrou em coma e eu não conseguia consolar minha mãe porque também precisava de consolo.

Já de madrugada, resolvi ir para casa e retornar no dia seguinte pela manhã. Assim tomava banho e pegava roupas, caso necessite ficar no hospital por alguns dias. Chegando lá, Camila me esperava, mas não queria ficar com ela. Eu precisava ficar sozinho, precisava do meu tempo para raciocinar tudo aquilo que tinha acontecido. Eu só precisava rezar. Tomei banho, fui a sala e deitei no sofá. Naquele silêncio, numa madrugada silenciosa de segunda-feira, senti como se uma parte a minha história tivesse sendo apagada. O caso do meu pai era muito grave, e talvez não sobreviveria. Mas era um 'talvez', isso me deixava pior. Eu só queria chorar. Demorei para dormir.

Dormi apenas duas horas, Camila estava na cozinha arrumando café da manhã e Lucas brincando com os brinquedos dele na varanda. Levantei e sentei a mesa.

- Como está, Flay?

- Não sei, é surreal. Não caiu a ficha.

- Vai voltar para o hospital?

- Vou sim, minha mãe dormiu lá.

Peguei o celular e fui ver se havia mensagem. Minha irmã estava no aeroporto de Congonhas esperando o voo para vir. Minha mãe não respondia, que me deixava preocupado.

Passaram-se dois dias e a situação do meu pai só piorava. Nossa vida havia parado completamente. Eu revezava com minha mãe e minha irmã no hospital. Cada um de nós ficava pelo menos doze horas lá. Era exaustivo, mas tínhamos esperanças na recuperação dele. Justo na minha vez, aconteceu o que a gente não esperava.

- O senhor gostaria de ver o seu pai? - falou uma enfermeira enquanto eu aguardava na sala de espera – acho que ele precisa de você.

Entrei na sala, e meu pai estava com os olhos meio abertos e muito debilitado. Sentei ao lado dele e fiquei ali olhando para ele. Os olhos dele brilhavam, até que uma lágrima saiu. Naquele momento, eu me emocionei também. Ele tentava falar, mas não conseguia. Segurei na mão dele e ficamos ali um olhando para o outro. Ele não estava bem, parecia que era uma despedida.

- D-Desculpa... - com muita força ele tentava falar – eu te amo.

Não aguentei e comecei a chorar também. A enfermeira entrou e disse que eu precisava sair. Meu pai fechou os olhos. Eu senti um forte aperto no meu coração e saí muito tonto. Meu pai se foi.

O velório do meu pai foi triste. Ele era muito querido na cidade. Vários empresários, amigos e políticos estavam presentes. Estávamos desorientados, sem entender. Ele era uma pessoa saudável, não fazia mal a ninguém. Ficava me perguntando: Por que Deus tirou ele de nós? As últimas palavras dele não saiam da minha cabeça. Por que ele me pediu desculpas? Eu me culpava. Eu que deveria ter pedido desculpas por ser um filho imperfeito. Como eu queria dizer isso para ele. Não sou o filho que ele quis. Eu peço desculpas por não ter conseguido. Mas eu me esforcei.

CAPÍTULO 10

Se já estava frio, só piorou. Minha relação com Camila não era a mesma. Ela insistia no casamento, e eu resistia. Não era o momento, não estava bem. Fazia poucos meses que meu pai havia falecido e de vez em quando eu dormia na casa da minha mãe. E isso era a melhor coisa. O restaurante foi entregue, eu não quis continuar. Toda parte do rendimento do meu pai foi depositado na conta da minha mãe. Ela até queria dividir comigo e minha irmã, mas negamos.

Retornei à faculdade, e para minha surpresa minha matrícula havia sido suspensa. Fui até a direção e perguntei o motivo, já que eu havia justificado minha ausência. Aguardei uns minutos, e uma das coordenadoras do campus me chamou numa sala para conversar em particular.

- Então, acontece que já faz três meses que sua matrícula não é paga. Está acontecendo alguma coisa?

- Parece que está acontecendo um engano, minha matrícula foi através de uma bolsa.

Para minha surpresa, eu não passei em vestibular nenhum. Meu pai estava pagando a faculdade escondido de mim. Eu fiquei com muita vergonha quando conversava com a coordenadora. De início não acreditei, falei que ela deveria ver novamente os documentos porque eu tinha certeza que cursava através de uma bolsa. Mas, ela me confirmou com os papéis. Fiquei decepcionado. Disse que pagaria as mensalidades que ainda faltavam, e que trancaria a matrícula.

Saí do campus determinado. Fazer direito era um sonho dos meus pais, não meu. Eu estou cansado. Pressão para casar, pressão para cursar faculdade, pressão para ser quem meus pais gostariam que eu fosse. Será que, se eu seguir meu coração, meu pai lá de cima, vai ainda sentir orgulho de mim? Eu não aguento mais.

Fui para casa da minha mãe e joguei os papéis na mesa e fiquei calado encarando ela. Ela não entendeu no início, mas quando viu a logomarca do campus, percebeu que com toda essa mudança de vida esqueceu de pagar as mensalidades.

- Flay, nós fizemos isso para te garantir um futuro melhor...

- Para quem? Para mim? Não parece...

- Não se preocupe, eu vou continuar pagando.

- Não faço questão, eu mesmo pago e já solicitei trancamento.

Estava furioso, chateado e cansado.

- Como assim, trancamento, Flay? Você vai largar tudo por causa de orgulho? Sou sua mãe, Flay!

Fiquei irritado e me exaltei.

- Você um dia chegou me perguntar se era isso que eu quero? Chegou a me perguntar se eu estou feliz?

- Nós fizemos tudo para te agradar e é assim que você agradece?

- Não, mãe! Para agradar vocês, e você sabe muito bem do que estamos falando.

- Seu pai deve estar envergonhado com essas coisas que você está dizendo.

Quase chorei, e saí pela porta com muita raiva. Mas continuei chorando pela rua. Eu não aguento mais. Onde eu deveria buscar paz, eu não tinha. Me afastei de tudo e todos nessa nova vida e não encontro verdade em nada. Entrei em casa, Camila e Lucas não estavam. Deitei na minha cama e chorei. Estava nervoso e pensativo. Caí no sono.

Acordei no comecinho da noite e Camila ainda não havia chegado. Estava me sentindo com um mal estar, fui até a caixinha de remédios mas não encontrei nada. Tomei dois copos de água, esquentei no micro-ondas uma lasanha que estava na geladeira e comi. Continuava pensativo, sozinho em casa e sem saber de mais nada que estava acontecendo. Camila chegou por volta de nove da noite, horário da novela. Lucas estava dormindo no colo dela. Perguntei onde estava, e ela disse que estava na casa da mãe. Ela perguntou se eu queria assistir a novela com ela, eu disse que poderia. Não queria comentar como foi meu dia, pois íamos entrar numa discussão. Ela não concordaria com o trancamento da faculdade, e ela e minha mãe são bastante amigas.

Pouco menos de vinte minutos, ela tocou no assunto do casamento outra vez. Mais um motivo para abrir uma discussão. Fiquei puto, pois não aguentava mais cobranças. Fui dormir com o Lucas e a deixei sozinha assistindo novela. Ás vezes acho que ela me provoca. Por que insiste com essa história de casamento?

Amanheci com febre, mal estar e dores nas costas. Dormi mal, e sem vontade de ver ninguém. Lucas não estava ao meu lado mais, e pelo visto nem a Camila estava em casa. Com dificuldade, levantei da cama e fui tomar um banho. Estava calor, mas eu sentia frio. Saí do chuveiro, e fui procurar o termômetro nas coisas da Camila. Estava uma bagunça. Fucei tudo ali, havia calcinhas, roupas, e encontrei uma cueca. O engraçado nisso, é que não lembro de ter essa cueca.

Fiquei com pé atrás. Que diabos Camila ia guardar uma cueca que não é minha la no fundo do guarda-roupas? Estranho. Mas isso era de menos comparado aos meus problemas.

Deitei de novo. Rolava pra um lado e para o outro. Depois fiquei caminhando pela casa. Mas parece que eu piorava mais ainda. Resolvi ir ao posto de saúde. Eu nem sabia como era o procedimento para ser atendido, pois era minha mãe que sempre me levava quando eu era adolescente. Ir ao posto era sempre minha última opção, preferia ir a uma farmácia e tomar um remedinho. Mas dessa vez estava demais, eu precisava ir e melhorar logo.

Era dia ensolarado, mas eu sentia frio. Chegando no postinho, apresentei meu documento de identidade e fiquei aguardando para ser atendido, só havia eu. Que bom que o posto estava vazio e não havia fila. Aguardei aproximadamente vinte minutos e fui chamado para sala onde estava o doutor. Entrei, e sentei numa cadeira de frente a ele.

- Olá, bom dia! Flayslan, é isso? - disse o doutor olhando minha ficha.

Era um cara lindo, novo, moreno, magrinho e com cara de nerd. Eu tentava disfarçar, mas não parava de encarar ele. E não foi de propósito, eu estava meio lesado por conta da febre. Ele percebeu e deu um sorrisinho rápido, ficando sem graça com a situação. Ele assinou um papel e pediu para eu seguir até a sala de enfermagem. Eu fui, mas queria mesmo era ficar lá. Tomei uma injeção e fui dispensado. Na saída do postinho, observei o carimbo do médico "João Pedro de Carvalho". É óbvio que já fui fuxicar o Facebook para ver se o encontro né. Encontrei, mas não enviei solicitação logo de cara. Esperei até o final da tarde para enviar. Ele aceitou.

A febre havia passado, e eu já começava a me recuperar. Camila chegou em casa por volta de seis e meia da tarde. Me fiz de sonso. Até que recebo uma mensagem no Messenger do Facebook.

"Oi, melhorou?"

Era o médico. Então respondi, morrendo de vergonha.

"Oi, estou melhor."

"Que bom, pelo visto comecei bem então!"

"Começou? Como assim?"

"É! Você foi meu primeiro paciente. Rsrsrs"

"Jura? Bem que percebi que você é novo..."

"Nem tanto, já tenho 26."

"26 é novo! Hahahahah"

"Que bom que me encontrou. Na sua ficha tinha seu número, mas é antiético mexer..."

Uau! Então ele me curtiu também. Ficamos conversando um tempo. Essa conversa me fez muito bem. Queria até ficar doente de novo só para ser consultado por ele.

- Flay, cuida do Lucas por favor? Vou a igreja. - disse Camila.

Logo pensei, igreja? Hoje não tem culto. Mas não falei sobre isso.

- Camila, acho melhor você levá-lo. Estou muito cansado, não dormi bem essa noite.

E assim, discutimos mais uma vez. Mas nada me abalava, deixei ela falando sozinha e continuei conversando com o João Pedro. Ela arrumou o Lucas e levou. Sozinho em casa e sem nada para fazer, João me chamou para sair.

Como não podia pegar vento, ele me convidou para ir até a casa dele. Me agasalhei e fui seguindo a localização que ele me mandou. E no caminho, conversávamos muito pelo Whatsapp. Era uma casa de apenas três cômodos; quarto, cozinha e banheiro. Assim que cheguei, sentei ao lado dele e ficamos conversando. João Pedro mora em Araruama, uma cidade nem tão próxima daqui de Búzios. Era o primeiro dia de trabalho dele e estava morando de aluguel por enquanto. Me senti em paz, um cara que conversava as mesmas coisas que eu. Nos divertíamos muito. Até que abrimos uma garrafa da champagne. Fazia muito tempo que não bebia, então fui ficando animado bem rápido.

Ele pegou na minha perna, me deixando muito excitado. O olhar dele penetrava nos meus olhos, e íamos se aproximando aos poucos. Ele teve iniciativa, pegou no meu pescoço e me deu um beijo. Nossa, que beijo gostoso. Nossas bocas se encaixavam perfeitamente uma na outra. Ele era cheiroso, elegante, simpático. Que homem! Ele me jogou na cama e começou a chupar meu peito. Aos poucos ia descendo e beijando minha barriga. Ele desabotoou minha bermuda, pegou no meu pau e engoliu. Que sensação maravilhosa! Era quente e gostoso. Senti a liberdade de tirar a calça dele também, e numa posição sessenta e nove, ficamos um chupando o outro. Era um tesão que eu não sentia muito tempo. Ele se levantou, pegou uma camisinha na gaveta, abriu e colocou no meu pau. Passou saliva por cima, e foi sentando em cima do meu pau que já estava mais duro que um cometa. Caralho! Que sensação maravilhosa! O pau dele entrou e eu comecei a meter. Ele fazia uma cara de putinho, gemia em cima do meu pau, me deixava maluco. Ele me apertava e pedia para meter mais forte. E eu obedecia as ordens do doutor. Ele tira meu pau de dentro dele e se posiciona de quatro na cama. Que visão maravilhosa! Rabo de macho é uma delicia, eu nem acreditava que aquilo tudo ali era meu naquele momento.

Eu nunca havia penetrado num homem antes. Eu achava que era passivo justamento por isso. Não gostava de meter na Camila, isso me fez pensar que eu gostasse apenas de dar. Mas comer um cara pela primeira vez foi a melhor coisa da minha vida. Por um momento imaginei fazendo isso com o Gael. O tempo passava, mais eu não esquecia ele. Gael é uma paixão que nunca vou conseguir esquecer.

Fui para casa feliz. Consciência pesada por ter botado um chifre na Camila, mas foi libertador. Despertou um pouco de harmonia que havia dentro de mim. E sei que foi apenas uma foda, acho que João Pedro será um grande amigo, nada mais. Mas nossa transa acordou um sentimento passageiro em mim que achei que não existia mais. Onde será que está o Gael? Será que ele está bem?

No dia seguinte, eu e Camila fomos conversar. Nossa relação estava tóxica e fazendo mal para nós dois. Estávamos vivendo numa mentira e isso não era legal. Juro que tentamos não discutir, mas nosso santo não bate. Joguei na cara dela a cueca que encontrei no guarda-roupas. Ela ficou sem graça e disse que era do pai dela, que veio nas roupas que estavam na casa da mãe por engano.

- E o culto ontem? Tava bom?

- Normal, e você deveria voltar a fazer uma visita.

- Você acha que sou idiota, né? Ontem não teve culto nenhum.

Eu preferi ignorar, e ela ficava puta com isso. Gritava, fazia escândalo e começou a quebrar as coisas em casa. Lucas começou a chorar e isso me irritou. O menino já estava perturbado com tantas brigas. Levantei o tom de voz e disse para ela tomar um rumo para vida dela, porque eu não aguentava mais.

- Não se preocupe, Flay! Quem vai embora sou eu.

Camila subiu para o quarto e foi fazer drama. Arrumou suas roupas na mala e eu não dava confiança. Fingida demais! Desceu com a mala e foi andando lentamente até a porta. Minha indiferença com a situação deixava ela muito brava. Ela chegou até a porta e percebeu que eu não me importei com a ida dela e voltou até mim totalmente desequilibrada.

- SABE QUAL O PROBLEMA, FLAYSLAN?

Me chamou de Flayslan, já vi que o negócio ficou sério.

- Cansei desse joguinho! Cansei de você, cansei da sua casa, cansei de tudo. Eu não suporto olhar na sua cara nem um segundo mais. - disse ela, nervosa.

Eu olhava para ela quase rindo. Sou muito debochado sim. Parece que nesse momento, a máscara de princesinha estava caindo.

- Vai ficar rindo, idiota? - continuava ela – A única coisa que fazia ficar com você era o que você poderia me proporcionar.

- Olha, a princesinha descendo do salto.

- Salto que você queria usar, né? Nem de boceta você gosta!

- Jura? - continuava debochando, e ela ficava nervosa.

- Você é um babaca! Ainda bem que não me casei com você.

- Mas você que queria casar, amore!

- Como eu disse, eu só queria herança do seu pai. Eu jamais iria me casar com um viadinho igual a você.

Camila estava descontrolada. Eu me surpreendi com a quantidade de coisas que ela falava. Eu nunca imaginei que ouviria essas coisas dela. Ela não parava de falar, ela queria me humilhar a todo custo. Estava com a cabeça quente, e talvez, ela se arrependa de tudo isso depois. Mas ela fala com tanta firmeza que me faz pensar que estava entalado na garganta dela, só esperando o momento para soltar. Venenosa!

- Eu e o Lucas estamos indo embora, e você não irá vê-lo mais. - eu ficava calado, porque estava impressionado com o que ela dizia – Quero que você queime no fogo do inferno, assim se arrependerá de seus pecados.

Ela puxou o braço do Lucas que não parava de chorar, e saiu pela porta empurrando a mala. E para minha surpresa, um carro estava estacionado na rua aguardando ela.

Eu fiquei muito chocado com a cobra que estava criando dentro de casa. Fiquei abalado pelo Lucas, pois não tive reação na hora. Mas ela não sumiria com ele. Pelo que conheço, ela vai voltar atrás para pedir pensão e tentar sugar a herança do meu pai de alguma forma.

CAPÍTULO 11

As semanas se passaram e eu não tinha notícias dela. Na verdade eu queria saber do Lucas, não dela. Também não falava com minha mãe, que estava muito chateada comigo. Eu fico inconformado quando as pessoas não olham seu próprio umbigo. Elas ficam chateadas com você como se fossem donas da razão e não conseguem ter empatia para entender o lado do outro.

O inesperado aconteceu. Ouço alguém bater à porta e achei estranho, pois não costumo receber visitas. Imaginei que poderia ser minha mãe ou a Camila querendo buscar alguma coisa que deixou. Como não estava a fim de receber nenhuma das duas, porque sabia que iria ter alguma discussão, fui andando lentamente até a porta. Para minha surpresa, era Gabi.

Fazia muito tempo que eu e Gabi não conversávamos. Éramos muito íntimos, e de repente nossa amizade esfriou. Eu não esperava a visita dela. Mas para falar a verdade, gostei muito.

- Quanto tempo, hein. - iniciei a conversa – Entra aí.

Gabi entrou. Eu perguntei se queria uma água ou um café, ela disse que não precisava. Estava com uma cara um pouco tensa, e eu estranhei.

- Tá tudo bem, Gabi?

- Não, Flay... Não está!

- O que houve? Por que está assim?

Nosso vínculo ainda era tão forte que eu notava quando ela estava bem ou não.

- Flay, eu preciso te contar uma coisa, não aguento mais!

O que está acontecendo? Minha vida está parecendo uma novela, todo dia uma novidade. Mas logo vi que o negócio era sério. Chamei a Gabi para sala e sentamos um de frente para o outro.

- Gabi! Embora a gente tenha se afastado, eu continuo o mesmo. Está precisando de alguma coisa?

- Flay, eu não me afastei de você a toa.

Gabi ficou silenciosa. Eu fiquei confuso e pedi que ela continuasse.

- Flay, quero que saiba que não quero causar problemas para você. - fiquei calado dando abertura para ela falar – Quando eu voltei de viagem, sua mãe me chamou para conversar. Por isso eu demorei para te procurar. Eu fiquei dias pensando se era certo fazer aquilo...

- Aquilo o quê? Não estou te entendendo. O que minha mãe falou com você?

- Ela pediu que eu me afastasse de você, pois achava que estava se tornando gay por causa de mim.

- E você só me fala isso agora, Gabi? Achei que nossa amizade era maior que isso. Tu não tem noção do quanto eu precisei de você nesse tempo?

Eu abracei ela, e nós dois choramos juntos.

- Tem mais, Flay...

Soltei ela e olhei nos olhos.

- Me fala, Gabi. O que mais ela te disse?

- Ela não, mas você deveria saber de uma coisa. A Camila não é quem você pensa.

- Você a conhece? Ela sumiu com o Lucas... Você sabe do Lucas, né?

- Sei Flay, e sei também que ele não é seu filho.

- Como assim, não é meu filho? - eu estava rindo (de nervoso).

- Alguma vez você chegou a fazer teste de DNA?

- Teste de DNA? Fala sério, né.

- Olha Flay, eu não viria até sua casa depois de muito tempo para falar algo que não tenho certeza. A Camila já estava grávida quando te pediu em casamento.

- E como você sabe disso tudo?

- Eu estava lá! E sua mãe sempre soube.

Fiquei extremamente nervoso. A Gabi não é de mentir. E acho que uma coisa séria dessas, ninguém brincaria.

- Eu tinha medo, Flay! Eu fui ameaçada... Ela pediu para eu sumir da sua vida. Me ofereceu dinheiro para eu te deixar em paz. Camila é cúmplice dela e só queria casar com você por causa da vida boa que seu pai iria te dar. Sua mãe sabe de tudo. Seu pai tem uma fortuna guardada no banco e tudo está em seu nome.

- Calma Gabi, devagar!

- Flay, presta atenção. No natal, eu tentei te visitar antes da viagem de vocês. Encontrei as duas conversando. E sem querer ouvi toda a conversa. Fiquei atrás da porta. Eu não acreditava, eu queria te contar. Elas me viram, e sua mãe me disse que seria capaz de qualquer coisa pela sua felicidade. Eu fiquei com medo. Me desculpa, Flay.

Agradeci a Gabi pela informação e disse que averiguaria. Mas deixando claro que acreditava nela.

- Você deve estar querendo saber onde está a Camila, né?

- Não faço questão, quero saber onde está o meu filho.

É meu nome que consta na certidão de nascimento do Lucas, então eu sou pai dele. Eu não vou deixá-lo ser criado por uma louca assim tão facilmente.

- Então Flay, a Camila está com o pai biológico do Lucas. E eles já estão juntos há muito tempo.

- Então, eu estou com fama de chifrudo no bairro?

Gabi riu.

- É incrível seu senso de humor mesmo depois de ouvir tudo isso, não mudou nada. Aliás, amadureceu bastante.

Sinceramente, não me abalou muito saber disso tudo. Era tão bom estar com a Gabi.

- Gabi? E o Gael, como está?

- Então, Flay... Esse era outro assunto que eu gostaria de falar com você, mas ia deixar para outro dia.

- Não Gabi, eu to bem. Sério! Me conta, como está o Gael?

- Sério? Não quero te deixar mal. Não vim aqui pra isso.

- Não Gabi, juro pra você. Eu tô de boa. Me conta.

- Ok, Flay... Vamos ali fora.

Saímos e sentamos na varanda. Eu morria de curiosidade de saber onde estava o Gael. Queria tanto vê-lo. Mas acho também que ele não iria querer me ver.

- Flay, o Gael anda meio sumido. Ele voltou para Colares depois que falou com você pela última vez. Meu pai não sabe por onde ele anda, diz que aparece em casa às vezes, mas ele não está bem. O que vocês conversaram na última vez?

- Nada demais, ele apenas disse que não sentia o mesmo por mim. Mas nada que o afetasse.

- Ele gostava de você. Gael sofreu muito... Quando ele tinha onze anos de idade foi abusado por um vizinho. Ele teve que fazer uma série de exames e foi atendido por psicólogos durante muito tempo.

- Gabi, por que não me falou isso antes?

- Ele não gosta que fale. Ele deveria ter te falado. Mas uma coisa eu sei, ele sofreu muito quando te deixou. Se sentia culpado.

Novamente, lágrimas saiam dos meus olhos.

- Ele estava feliz com você. - ela continuava - Mas ele tem traumas que o impedem de se aproximar das pessoas. Ele foi estuprado quando ainda era criança, tem noção? Isso o transformou numa pessoa fria. Ele parecia tão feliz aqui, por isso não queria que ele voltasse. Sua presença estava o fazendo bem.

Tudo isso que a Gabi me contava, me fazia lembrar do passado. Como eu nunca percebi isso? Chego a pensar, como eu sempre fui privilegiado mesmo achando que minha vida era uma bosta. Eu era ingrato, e o Gael precisava de ajuda. Será que dava tempo de eu consertar isso?

- Gabi! Vamos para Colares?

- Como assim, Flay? Ir pra Belém de repente?

- Você acha que eu consigo encontrar o Gael?

Eu sou desse tipo que faz as coisas por impulso. Na merda eu já estava, o que mudaria se eu quebrasse a cara mais uma vez? Com minha mãe eu vou resolver outra hora, eu quero recuperar o tempo perdido e correr atrás da pessoa que eu amo. O lugar do Gael é aqui comigo, eu vou atrás dele. Peguei o celular e comecei a pesquisar passagens aéreas do Rio de Janeiro para Belém do Pará. Gabi ficou meio confusa e resistiu em aceitar meu convite, mas no final aceitou. Ela estava sem grana, porque estava desempregada, mas eu paguei as passagens. E ela ficou feliz, pois queria muito fazer uma visita ao pai dela. Encontrei passagens para o dia seguinte, e na hora de pesquisar hospedagem, a Gabi disse que não precisava pois dormiríamos na casa do pai dela.

Arrumei as malas eufórico. E por mais que a cabeça esfriasse depois, não tinha como cancelar o que já estava feito. Fiquei ansioso a noite toda e resistia para dormir. Gabi avisou ao pai dela que iríamos visitá-lo. Pediu também para não avisar nada ao Gael caso ele aparecesse. Eu não aguentava tanta ansiedade.

Acordamos cedo, pegamos um ônibus para o Rio de Janeiro. Nosso voo estava marcado para meio dia no Aeroporto Internacional Tom Jobim, o RIOGaleão. Eu não escondia minha ansiedade, e a Gabi percebia que eu estava determinado. Seria uma loucura? Uma história de amor? Agora sim minha vida parecia uma novela da Glória Perez. Só que a diferença, era que o amor era no Brasil mesmo.

Durante o voo, não conseguíamos dormir. Mas não ficou cansativo, eu e Gabi tínhamos tanto assunto para colocar em dia que a viagem ficou bem divertida. Uma pequena turbulência no meio do caminho, me deixou nervoso. E quando isso acontece a gente já pensa mil coisas né. Será que vou morrer antes de ver o Gael? Vira essa boca pra lá, Flay.

Chegamos bem, graças a Deus. Aeroporto de Belém do Pará. Agora, precisaríamos pegar um ônibus e ir até Colares que ficava aproximadamente duas horas dali, segundo a Gabi.

Colares é uma pequena cidade no Estado do Pará, no litoral da baía de Marajó, bastante conhecida porque na década de setenta os moradores registraram em vídeos supostas naves e seres extraterrestres. A Força Aérea Brasileira realizou uma grande investigação na cidade que ficou conhecida mundialmente como Operação Prato.

Quase chegando em Colares, com um salgado de presunto nas mãos, observava a Gabi encantada olhando a paisagem pela janela do ônibus. No meio do caminho, pegamos uma barca para entrar na cidade. Eu morri de medo, mas foi rápido e tranquilo.

Estava cansado, queria dormir e descansar. Chegamos na casa do pai da Gabi. Ele ficou tão feliz ao vê-la, e ela também. Numa coisa eu fiquei bastante feliz, pois pelo menos deixei alguém contente caso minha missão não dê certo. Aguardei eles conversarem um pouco e matar a saudade. Mas minha curiosidade não me deixava em paz. Queria saber onde estava o Gael.

Entramos e nossa cama já estava arrumada. O pai da Gabi pediu para eu ficar numa cama, que provavelmente era do Gael. E era, aquele cheiro era dele. Como isso me confortava. O pai da Gabi é bem legal, disse que no dia seguinte ia me levar para conhecer a cidade. Na hora de dormir, estava pensativo. Gabi disse que no dia seguinte perguntaria ao pai onde estava o Gael.

Amanheceu, fazia calor, mas ventava. Sentamos para tomar café da manhã antes de sair para dar uma volta.

- Oh pai, e o Gael, hein?

Quando a Gabi citou o nome do Gael, o pai dela fez uma cara não muito agradável. Eu e Gabi não entendemos. Ele respirou e resolveu falar.

- Então, filha... Como te falei, seu irmão sumiu de casa.

- Mas o senhor disse que ele aparecia às vezes.

- Pois é, às vezes. A última vez que ele apareceu aqui tivemos uma discussão. Estava sujo, magro e revoltado. Parecia estar drogado.

- Nossa, pai! E você deixou ele ir?

- Não deixei, mas ele foi. E disse que não voltaria mais.

Eu fiquei calado ouvindo a conversa dos dois, mas estava muito nervoso com a situação. Eu tenho tanta coisa pra falar pra ele.

- Pai, você nem imagina onde ele está?

- Quando saiu, ele disse que iria para capital.

- Vamos atrás dele, pai?

- Não se preocupe Gabi, ele vai voltar logo. Faz vinte dias que ele saiu. Até que dessa vez ele está demorando demais para voltar.

Naquele momento eu só queria ir atrás dele. Na verdade, era esse o motivo que eu estava ali. As redes sociais dele estavam desativadas há muito tempo, como eu ia encontrá-lo em plena cidade grande? Após o café da manhã, falei com a Gabi que ia atrás dele. Ela queria ir, mas queria também ficar mais tempo com o pai.

No fundo, ela sabia que o Gael estava bem em algum lugar. Meu medo, era ele estar bem lá com outro cara. Saímos com o pai da Gabi para conhecer a cidade, mas não saía da minha cabeça a vontade de ir atrás do Gael.

- Gabi, eu vou pra Belém, tu vem comigo?

Ela ficou pensativa.

- Eu não quero te forçar a nada, tá? - continuei – Eu vou ficar bem. Sua passagem está paga para retornar em três dias.

- Flay, eu sou muito grata a você…

- Não, eu sou grato. Não me agradeça.

- Promete que vai ficar bem? E ache o Gael!

- Prometo.

Nos abraçamos.

Na manhã seguinte eu estava retornando a Belém. Havia reservado três diárias num hotel no centro da cidade e fui. Que loucura, né? Mas eu estava disposto. Eu precisava encontrá-lo e recuperar o tempo perdido. Eu tenho uma casa, estou bem financeiramente, eu posso ajudar ele. Eu quero ser o namorado dele. Espero não estar me iludindo como no passado, mas dessa vez eu sinto que vai dar certo. É o cara dos meus sonhos, o cara que sempre amei.

CAPÍTULO 12

Fiz check-in no hotel, tomei banho e saí pelas ruas. Não sabia como encontrá-lo, mas eu senti que encontraria. Entrei em lojas, lanchonetes, ficava sentado nas praças. Fui ao aeroporto, andei por lá. No início da noite, resolvi sentar num barzinho e tomar uma cerveja. Na verdade eu tomei um porre, pois passei o dia todo andando pela cidade e não encontrei nada. Mas ainda faltava muito que andar, então retornei ao hotel e continuei as buscas por lá. Baixei aqueles aplicativos de pegação gay, quem sabe o encontraria ali. Minha única decepção seria se eu o visse com outro cara. Mas coloquei na minha cabeça que se isso acontecer, só queria que ele estivesse bem. Mas, nem nos aplicativos o encontrei. Na verdade, eu pesquisei por toda internet e não encontrava nada. Inclusive, nas comunidades gays de Belém.

Acordei cedo e fui para rua. Aproveitei e fiz umas comprinhas, conheci pontos turísticos e comi vatapá. Uma coisa que achei bem diferente, é o gosto do açaí. É bem melhor, original, diretamente da fruta. Passei numa feirinha, onde comi frutas que eu nem sabia que existiam. É bom conhecer uma cultura diferente, e melhor ainda saber que faz parte do meu país.

Mas um dia se passou e nada, eu tinha até amanhã para encontrar o Gael. Eu me divertia, mas, ao mesmo tempo, perdia as esperanças em encontrá-lo. Chegou até bater uma paranoia, pois fiquei pensando: Será que ele realmente está aqui? E se ele disse isso pra ninguém encontrá-lo? O surto, meu pai.

Estava desanimado, já havia desistido. Fui no hotel, tomei banho, troquei de roupa e saí para comer alguma coisa. Fui novamente no bar que havia ido no dia anterior. Pedi uma porção de batatas fritas e uma cerveja. Pedi a segunda. Pedi a terceira. Fiquei lá aproximadamente duas horas. Já eram nove da noite e eu resolvi caminhar para o hotel, sem nenhuma expectativa mais.

Sem querer, entrei numa rua errada e já havia me perdido. A noite estava um pouco movimentada, então peguei o celular para chamar um uber.

- Perdido na noite, querido?

Uma voz masculina, fazendo força para afinar. Eu conhecia aquela voz.

- Não quer um programa? - continuou.

Olhei para a pessoa, e me surpreendi.

- Gael?

Era o Gael, com uma peruca, maquiado e roupas femininas. Quando percebeu que era eu, ele virou as costas assustado e saiu andando. Eu também fiquei assustado. Era uma rua escura e cheia de garotas de programa.

- Você se enganou, queridinho.

- Gael, sou eu! Eu estava te procurando...

Gael começou a andar rápido para outro lado da rua fugindo de mim.

- Gael, espera! Eu preciso falar com você!

- Deixa ela em paz, caralho! - uma outra travesti me interrompe – Quer o quê com ela?

- Pode deixar, Paty! - diz Gael.

Gael pára, se senta e acende um cigarro. Eu me aproximo, ainda um pouco assustado.

- Ta fazendo o que aqui?

- Eu estava te procurando, Gael.

- Não me chama de Gael aqui, é Fany.

- Desculpa.

Ficamos em silêncio.

- Não vai falar nada? Tava me procurando pra quê?

- O que aconteceu com você, Gael?

- Se assustou comigo, né? Não tive a mesma vida que você. Um pai que dá tudo. Mas, pelo menos, tenho uma vida de verdade. Não estou aqui porque quero. Agora me dá licença, preciso trabalhar.

- Não vai. - segurei no braço dele – Eu andei essa cidade toda atrás de você, não vai.

- Flayslan, não podemos. Nós dois sabemos disso. Me deixa ir.

- Tem algum telefone que eu possa falar com você?

- Não tenho, e não posso.

Gael saiu andando.

- É verdade que a Gabi me falou? Você gostava de mim?

Ele parou, e continuou andando.

Eu estava em choque com tudo isso que estava acontecendo. Eu não acreditava no que estava vendo. Mas isso não mudava nada, eu não ia desistir dele. Voltei para o hotel e fiquei pensando a noite toda. Eu esperava tudo, menos a situação que o Gael estava passando. Era inacreditável. Entendo que muitas pessoas não tem opção e encontram a prostituição como uma única forma de viver. Mas o Gael não precisa. O problema dele era muito maior que eu imaginava.

Custei para dormir. Peguei no sono quase de manhã, quando meu telefone toca. Atendo.

- Alô.

Ninguém falava nada. Repeti.

- Alguém?

- Onde você está, Flay? Vamos encerrar essa história logo de vez.

Era o Gael. Inacreditável como ele ainda sabia meu número. Passei o endereço e pedi que me encontrasse no hotel. Aguardei por meia hora, e ele apareceu. Sem maquiagem, sem roupas femininas, mas sujo. E parecia drogado. Me dava pena, ela precisava de ajuda.

- Não quer tomar um banho?

Ele não respondeu, então, peguei uma toalha e dei a ele. Ele entrou no chuveiro e foi tomar banho. Fiquei aguardando ele sair do banho. Era aproximadamente seis da manhã. Levou quinze minutos no banheiro e saiu. Sentei na cama e pedi que ele se sentasse também. O abracei. Foi uma sensação que jamais imaginei.

- Era verdade. - disse ele – E eu não consegui te esquecer até hoje.

Sorri, e me emocionei.

- Me desculpa, eu não sei mais o que fazer. – disse o Gael, começando a chorar – Eu acabei com minha vida.

- Eu te amo, Gael! Eu não vou te abandonar.

- Ama? Mesmo sabendo que eu tive que dormir com vários caras?

Fiquei calado. Isso me incomodou bastante. Mas meu amor por esse garoto era tão grande que só queria vê-lo feliz.

- Gael, eu vim até aqui por causa de você. Eu larguei tudo por causa de você. Você ainda duvida?

Ele começou a chorar.

- Onde você está morando? - falei.

- Ás vezes na casa das meninas. Ás vezes na praça. Ás vezes na casa de algum cliente.

Eu queria fazer algo para ajudá-lo. Mas ver de perto o Gael passando por toda essa situação, me fez enxergar o quanto essas pessoas são expostas. Eu sou privilegiado por ter condição financeira melhor, e covarde por ter mentido em vez de enfrentar tudo isso. Mas, e aquelas meninas? O que elas devem ter passado para estarem ali. Quantas tapas e socos devem ter levado? Quantas devem ter morrido? Ser LGBT numa sociedade como a nossa é cruel. Gael precisava descansar. Ele deitou na minha cama, eu o abracei e dormimos.

Era meu último dia em Belém, meu voo estava marcado para seis da manhã do dia seguinte. Não queria espantar o Gael, mas queria que ele viesse comigo. Acordei primeiro e fiquei olhando para ele. Ele deveria ser condenado por excesso de beleza. Ele estava muito cansado e dormia feito pedra. Resolvi levantar e trazer café da manhã para ele. Na verdade era hora do almoço já, mas não seria romântico levar um prato de comida na cama. Desci e fui em uma padaria próxima. Comprei dois mistos de queijo e presunto, um pra mim e outro para ele. E dois sucos.

Cheguei no quarto do hotel, e a cama estava vazia. Eu logo pensei que ele tinha ido embora sem falar comigo.

- Buuuuu !!!

Levei um susto! Gael estava atrás da porta.

- Cara, que susto!

- Sou tão feio, assim?

- Claro que não, só tenho medo de te perder outra vez. Vamos comer.

Enquanto eu arrumava o lanche, ele ficava me observando.

- Se eu pudesse voltar no tempo, teria feito diferente. - disse ele.

- E o que faria?

- Imagina a última vez que a gente se viu.

- No teatro? Que é que tem?

Ele se aproxima de mim e me beija.

Gael é geminiano. A gente nunca sabe o que podemos esperar dele. Ele precisou sair da bolha para entender o tamanho do mundo lá fora. Algo que eu estou aprendendo agora. Ele parecia seguro, e certo do que quer e o que não quer. Bem diferente do Gael que conheci um tempo atrás.

O beijo começou a esquentar, e quando nem percebemos, estávamos pelados. Eu me senti bem. Era diferente do que senti com o João Pedro. Não era só tesão, eu sentia muito mais que isso. Eu me sentia especial, eu sentia que estava me entregando completamente. Beijo quente e amassos fortes. Gael era bruto, mas, ao mesmo tempo, era carinhoso. É inexplicável. Uma sensação que, com certeza, todo mundo já passou um dia. Ou não. Mas deveria.

- Fazia tempo que eu não sentia isso. - disse Gael.

Ele pegou no meu pau, e eu logo congelei. Não queria estragar aquele momento.

- Gael, não precisa, tá?

Ele ignorou, e começou a me chupar. Era gostoso. Eu estava leve, me sentindo o cara mais amado do mundo. Ele descia com a língua no meu pau e foi chupando meus ovos. Eu me arrepiava todo. Até que ele foi descendo, levantou minhas pernas fazendo com que a língua dele chegasse no meu cu. E novamente eu senti um prazer do passado. Se tinha uma coisa que Gael sabia fazer, era chupar um cu. Ele fazia movimentos com a língua como ninguém. Gael se sentou e eu sentei em cima dele. Nos beijamos. Ele pegou uma camisinha que estava dentro da sua bermuda, colocou no pau e passou um pouco de saliva. Lentamente, eu ia sentando devagar. Doía muito, eu nunca havia feito isso antes. Mas eu queria. O pau do Gael era grosso, e meu cu ainda era virgem. Mas fui guerreiro, sentei até o talo. Mas ele metia devagar para não me machucar.

- É sua primeira vez, né? - disse ele.

- Desculpa.

- Não precisa se desculpar, achei fofo.

Ele ia tirar o pau de dentro de mim, mas não deixei. Era uma dor insuportável, mas, ao mesmo tempo, era gostoso. Quanto mais ele metia, mas ficava gostoso. Não aguentei muito, parei logo em seguida. Apesar de tudo, foi a melhor transa da minha vida.

Fomos ao banheiro tomar banho. E juntos ficamos rindo da vez em que Gael entrou no banheiro quando eu estava pelado. Eu morri de vergonha, mas estava gostando. Passamos uma tarde muito agradável trancafiados dentro daquele quarto. Acho que, o que faltava na gente era amadurecimento. Temos muito que aprender, mas nós dois estávamos melhores. Sentamos na varanda do hotel.

- Flay, pretende ficar quanto tempo aqui?

- Meus planos eram ficar até amanhã.

Ele fez uma cara de tristeza.

- Por que não vem comigo, Gael?

- Sabe que não posso, Flay.

- E por que, não? Eu moro sozinho Gael, você pode ficar lá em casa.

- Pelo visto parece que não me conhece nada, né? Jamais serei um encostado.

- Não falei que você seria encostado, você pode arrumar um emprego.

- Flay, minha vida é aqui. Tenho meu trabalho, tenho minha vida.

- Cara, eu quero te ajudar.

- Talvez um dia, mas primeiro preciso ter meu próprio dinheiro. Tenho uma entrevista de emprego essa semana, não vou mais trabalhar na rua. Espero que eu consiga.

Abracei o Gael bem forte, o prendendo a mim.

- Eu não quero te perder de novo, Gael.

- Flay, olha pra mim.

Desgrudei lentamente e olhei nos olhos dele. Ele coloca as mãos no meu rosto e fixa seus olhos nos meus.

- Se você acreditar, um dia a gente se encontra de novo. Mas entenda, eu tenho a minha vida e você tem a sua. Não quero que você sofra mais, e eu não quero isso para mim também. Saiba de uma vez por todas que eu também te amo. Eu não tirei você da cabeça até hoje.

- Então por que não vamos sumir juntos? Por favor, Gael!

- Ainda não posso. Eu tenho vergonha. Eu dormi com muitos caras, eu não te mereço.

- Gael, pra mim o que importa é agora.

Ele beijou na minha testa, depois me deu um selinho.

Não foi do jeito que eu esperava, mas me sinto bem.

Encontrei a Gabi no aeroporto na manhã seguinte. Conversei com ela e contei tudo. Ela é irmã dele, merece saber. Ela queria voltar e encontrá-lo, mas a acalmei e disse que ele estava bem. Entramos no avião e seguimos em direção ao Rio de Janeiro. Eu precisava voltar para minha rotina, para minha vida. Eu entendo, juro que entendo. Cada um precisa seguir seu caminho e não posso prendê-lo numa realidade que não é dele. Se for para ser, será. Se não for, não era para ser. Eu preciso continuar, pois a vida não pára.

Que loucura! Cheguei em casa e aquele clima pesado havia voltado. Eu sentia falta da minha mãe, apesar de tudo, ela é minha mãe. Sentia muita falta do Lucas também, cada parte daquela casa lembrava ele. Descansei, e no dia seguinte resolvi mudar tudo. Trocar móveis, trocar as roupas, trocar tudo. Morar definitivamente sozinho mudaria completamente minha rotina. Precisava voltar a trabalhar, e novamente não sabia como começar. O dinheiro do meu pai havia sido depositado na minha conta. Era um valor bom, que dava para comprar um excelente apartamento na Zona Sul do Rio de Janeiro. Nem eu sabia que meu pai era próspero assim. E olha que foi dividido para três pessoas, eu, minha irmã e minha mãe. Mas, decidi guardar e investir em algo futuramente. Talvez se eu vendesse a casa sobraria mais.

Quatro dias haviam se passado e minha mãe me ligou. Não me exaltei, estava tão pleno comigo mesmo que nada me estressava. Mas, eu ainda guardava um rancor. Seria muito difícil eu confiar nela de novo, só tempo curaria isso. Ela chorou ao telefone, mas continuei sério. Me machucou demais toda essa mentira. Talvez eu entenda agora o que meu pai quis dizer antes de morrer. Ele queria que eu fosse feliz, e era isso que eu estava fazendo. Sendo feliz, sendo eu. Minha mãe me prometeu que o Lucas não sumiria, que ela se entendeu com a Camila e entraram num acordo.

Uma semana depois, o João Pedro me chamou para sair. Eu aceitei. Fomos a uma balada, com muito funk. A Gabi foi também. Eu nunca havia ido numa boate antes. Não é porque não tive oportunidade, mas porque nunca gostei. Que bom que a Gabi e o João Pedro se deram bem. Fazíamos um trio perfeito.

Eu e João Pedro começamos a se aproximar mais, e ficamos outra vez. Estávamos muito próximos um do outro. Ele até dormiu na minha casa e fodemos a noite toda. Acho que ele estava gostando de mim, e acho que eu também estava gostando dele. Combinávamos perfeitamente em tudo. Ouvíamos as mesmas músicas, gostávamos de quase as mesmas comidas e tínhamos sonhos bem parecidos. Era aquele tipo de garoto certinho que sonha em casar e ter uma família.

Um mês se passou e todo aquele sofrimento ruim que estava comigo havia se passado. Nunca me senti tão livre e tão independente. O João era a pessoa que eu precisava, mas quem eu ainda amava estava longe e não fazia ideia de onde estava. Não saber onde e como o Gael está preocupava muito eu e a Gabi. E olha, ela torcia que eu ficasse com o João. Mas, por mais que ele seja o cara PERFEITO, eu não conseguia amá-lo ainda. Eu posso me arrepender por isso um dia. A vida me dá uma oportunidade de ser feliz com alguém e eu não a pego.

- Flay, você foi a melhor pessoa que eu poderia ter conhecido. - João me vê pensando. - Mas eu sei que sua cabeça está em outro lugar.

Olhei para ele.

- Eu quero que você me dê uma oportunidade – continuou ele – mas se não quiser, eu entendo. Quero que você seja feliz e corra atrás do que te faz bem.

Eu deveria dar uma oportunidade para ele. Estou deixando de lado uma oportunidade de ser feliz ao lado de alguém que eu estava curtindo porque meu coração ingrato não me obedece. É possível amar duas pessoas? Acho que não. O que sinto pelo João Pedro é diferente do que sinto do Gael. Pelo João eu sinto que é uma aventura, quero ele do meu lado e gosto de estar com ele. Com Gael, eu sofro mesmo ele não fazendo nada. Eu sei que o João Pedro é o quem eu deveria ficar. Sempre ouvi dos meus pais "Não troque o certo pelo duvidoso". Mas aí lembro que nem sempre a gente deve dar ouvidos para nossos pais.

Decidido.

CAPÍTULO 12

Cinco meses haviam se passado. Me assumi de vez. Meu namorado João Pedro se dava muito bem com maioria dos meus familiares. Minha mãe resistia, pois ainda não aceitava a ideia de saber que o filho dela se deitava com outro homem.

Eu decidi não esconder mais meus sentimentos, eu preciso enfrentar meus próprios medos. Ninguém pode apagar quem eu sou de verdade. Já apontei muito o dedo para criticar, mas não me dava conta que eu era o contrário de tudo aquilo que eu mais defendia. Fui e ainda sou muito machista, mas quero melhorar, estou em construção. Quero aprender, quero ser uma pessoa melhor.

Sabe, eu não me enxergo mais como aquele Flayslan que ficava jogadão em casa conversando com macho no celular, eu mudei. Foram diversas ocasiões que me fizeram entender que a vida é um quebra-cabeça sem fim. Quanto mais a gente ache que encontrou a peça certa, sempre vai haver outra que precise ser completada.

Eu vou morar em Portugal. Talvez lá eu me encontre. Vendi minha casa, e estava apostando tudo. João ficou feliz por mim, e entendeu que eu precisava seguir meu caminho para me encontrar profissionalmente. Foi lindo! João Pedro é um cara incrível, que todo garoto gay gostaria de ter. Em tão pouco tempo, vivi com ele momentos que todo casal gostaria de ter vivido. Sempre haverá um espaço no meu coração para ele. Jamais irei esquecê-lo.

Estávamos no Aeroporto, faltava dez minutos para meu voo sair. Minha irmã, junto a minha sobrinha, foram para o Rio de Janeiro se despedir de mim. A Gabi também estava. A Camila foi porque era obrigada, pois precisava levar o Lucas. Mas de qualquer forma, Camila também fez parte da minha história. Quando eu entrasse naquele avião, toda mágoa e sentimento ruim iria se apagar, e eu viveria uma nova fase da minha vida. Meu tio, irmão do pai também estava e para minha surpresa, o Sr Hudson. Estava quase todo mundo, menos minha mãe.

Cinco minutos para eu entrar, eu já me preparava para ir a fila. Abracei todos, que se sentiam orgulhosos de mim mas choravam com minha despedida. O Lucas agarrou em mim e não quis mais soltar. Abaixei e fui falar com ele.

- Filho, papai te ama, tá? Lembre-se sempre disso.

- Promete que sempre vai ser meu papai? - disse o Lucas.

Não controlei as lágrimas e o abracei.

- Claro, meu filho. Um dia eu vou voltar, tá? Papai te ama demais. Vou te ligar toda semana.

Odeio despedidas. O tempo passava, e minha maior decepção era não poder dar tchau à minha mãe. Só queria dizer a ela, que eu a amava muito. Independente de tudo, ela é minha mãe. Assim como eu, eu vivo errando e estou em constante aprendizagem. Mães também erram, e mesmo assim, nós filhos sempre vamos amar.

"Por favor, passageiros do voo com destino a Lisboa, último chamada para o embarque."

- Tchau, gente. - Eu chorava demais.

Virei-me e caminhei até a fila.

"FLAY"

Ouço a voz da minha mãe. Era ela, correndo para se despedir de mim. Minha felicidade foi tão grande que minhas lágrimas caíam mais fortes. E ela não vinha sozinha. Era o Gael ao lado dela. Ela se aproximou de mim e me abraçou forte.

- Não precisa falar nada, filho. Desculpa a demora, eu fui buscar uma encomenda para você. Eu te amo, vai!

Ela puxou minha mãe e colocou na mão do Gael.

- Leva ele, vai perder o voo.

E fomos correndo. Gael estava com a passagem em mãos. E sem entender nada, entramos no avião. Eu e o Gael em destino a Portugal. Peguei o celular, e havia uma mensagem dela.

" Eu quero apenas que você seja feliz, só isso.

A Gabi é uma grande amiga, nunca abandone. "

Eu continuava chorando, a ponto de soluçar. Gael me abraçou forte para me consolar. Como tudo isso aconteceu, eu não sei. Às vezes, a gente se surpreende com as atitudes de quem a gente ama, mas nunca podemos duvidar do amor de uma mãe. Perdoar é fundamental. Dizer que errou é essencial. Se cair, levante e começa de novo. O que não podemos fazer é parar no meio caminho e achar que tudo acabou sem ao menos ter lutado. Não desista nunca pelo que você acredita. Se não der certo, espera. Nem sempre tudo é no momento e do jeito que a gente espera.

Lembrei de uma frase que o Gael me falou uma vez:

"Se você acreditar, um dia a gente se encontra de novo."

E agora, era apenas eu ele:

O irmão da minha amiga.

O IRMÃO DA MINHA AMIGA FERNANDO BERTOZZI

DEIXA SUA MARCA AQUI SE VOCÊ LEU ESTE LIVRO: